KB236612

끝물에서 노이소이

국립중앙도서관 출판시도서목록(CIP)

큰물에서 노이소이 / 지은이: 김한석. -- 서울 : 선우미디어,
2013
p. ; cm

ISBN 978-89-5658-353-2 03810 : ₩12000

한국 현대 수필[韓國現代隨筆]

814.7-KDC5
895.745-DDC21 CIP2013015826

큰물에서 노이소이

1판 1쇄 발행 | 2013년 9월 5일

지은이 | 김한석
발행인 | 이선우
펴낸곳 | 도서출판 선우미디어
　　　　등록 | 1997. 8. 7 제300-1997-148호
　　　　110-070 서울시 종로구 내수동 75 용비어천가 1435호
　　　　☎ 2272-3351, 3352 팩스: 2272-5540
　　　　sunwoome@hanmail.net
　　　　Printed in Korea ⓒ 2013. 김한석

값 12,000원

※ 잘못된 책은 바꿔 드립니다.

※ 저자와의 협의하에 인지 생략합니다.

ISBN 978-89-5658-353-2 03810

김한석 에세이집

끝물에서 노이소이

선우미디어 sunwoomedia

야망과 도전의 봄날을 보내고
— 김한석 수필집 ≪큰물에서 노이소이≫의 서문에 부쳐

이 정 림
(≪에세이21≫ 발행인 겸 편집인·수필평론가)

흔히 "인생은 짧고 예술은 길다."고 한다. 그러나 오늘의 자신이 있기까지 걸어온 과정을 돌아보면, 인생은 결코 짧다고 할 수가 없다. 한 사람이 태어나 걸어가는 길은 앞이 보이지 않는 긴 터널과도 같아서, 그 터널 속에서 원하든 원하지 않든 많은 것들을 겪게 된다. 소년이 자라 어른이 되는 자연스러운 변화도 겪게 되고, 품었던 생각이 자신도 모르게 바뀌는 뜻하지 않은 경험도 할 것이며, 기쁨이 있으면 또한 슬픔도 있다는 것을 배우게 된다.

김한석 선생도 그 긴 과정을 통과하며 오늘에 이른 분이다. 선생인들 그 과정 속에서 초지일관한 일들만 있었겠는가. 학창 시절에 웅변에 몰두하던 소년은 장차 대중 앞에서 사자후(獅子吼)를 토하는 민족의 지도자가 되리라 마음먹는다. 소년이 학교를 다니던 시대는 사흘이 멀다 하고 시민궐기대회와 반공강연회가 열리던 시대적 혼란기였던 것이다. 또한 민족의 정기가 흐르고, 논개의 기개가 서려 있으며, 삼장사(三壯士)의 넋이 담겨 있는 고향 진주의 남강을 사랑했던(〈남강문우회에 부치다〉) 소년으로서는 한번쯤 품어 봄직한 원대한 꿈이었다.

그랬기에 선생의 젊은 시절은 야망과 도전의 시기일 수밖에 없었다. 이 시절 선생의 기개를 잘 대변해 주는 표징은 정의감이었다. 정의감이란 젊은이에게 있어서는 불꽃같은 열정이어서, 다칠지언정 눈감아 버릴 수 없는 자신을 이렇게 변호한다. "앞장선다는 것은 외로운 일이다. 하지만 아무리 외로워도 누군가 앞장서야 할 때가 있다. 그래야만 세상이 보다 나은 방향으로 변화해 갈 수 있지 않겠는가"(〈빛바랜 문집 속에서〉).

"매 한 마리가 긴 날개를 푸덕거리며 교문을 박차고 날아오르는"(윗글) 그림처럼 선생은 사회라는 '큰물'로 자신 있게 뛰어든다. 그리고 젊은 시절 품었던 남아의 꿈과 호연지기를 실현할 수 있는 길을 모색한다. 선생은 마침내 국민과 좀 더 가까운 거리에서 봉사하고 힘이 될 수 있는 공무원의 길을 택하게 된다. 선생이 대민행정을 펴면서 잊어버리지 않으려 애쓴 철학은 "세상이 보다 나은 방향으로 변화해 갈 수 있"어야 한다는 소년 시절의 그 초심이지 않았을까.

선생은 이제 젊은 시절의 꿈과 열정을 아낌없이 쏟아낸 후 가벼운 마음으로 황혼녘에 서 있다. 그런데 그 황혼녘에서 다시 새로운 도전을 시도한다. 그것은 문학이었다. 아내의 등에 떠밀려 들어선 문학의 길이라고 겸손해했지만, 그것은 우연이 아니었다. "인간의 행위는 어느 날 갑자기 나타나는 것이 아니다. 그 뿌리는 의식이 기억해 내지 못하는 옛 기억에까지 닿아 있는 것이 아니던가"(〈무엇이 인연을 이어 주는 것일까〉). 그랬다. 정치에 큰 꿈을 품은 소년이었지만 밤에는 날을 새우며 소설책을 읽는 문학청년이기도 했고, 훗날 시정(市政)을 마음껏 펼칠 수 있는 자리에 위치에 올랐을 때는 도서관 건립에 그토록 집착했던 이유가 모두 오늘날 문인이 되는 뿌리였음을 그때는 미처 알지 못했을 것이다.

선생의 등단작 〈인력거〉는 참 아름다운 수필이다. 중국의 유리창 거리에서 인력거를 타며, 초등학교 시절에 "머리를 곱게 빗어 올리고 말끔한 한복 차림으로 인력거를 타"던 친구의 누이를 생각한다. 그 모습이 어린 눈에는 얼마나 아름답게 보였을까. 어린 시절의 막연하고 미성숙했던 애정이 따뜻한 느낌으로 긴 세월 속에 간직되어 있다가 불쑥 그리움으로 나타나면서, 환상 속에서나마 그 누이와 재회하고 싶은 마음을 그려 낸 작품이다. 그러나 이제 그 누이와 재회한들 무엇하랴. 그저 "어디에서든 아름다운 삶을 살고 있기를" 바라는 마음으로 소년의 연모(戀慕)는 동화처럼 끝이 난다.

〈미루나무〉는 서대문형무소 사형장 안팎에 서 있는 두 그루의 미루나무를 바라보며, 그 나무를 끌어안고 통곡했을 사형수들의 마음을 헤아려본 글이다. "곧게 뻗은 미루나무는 하늘을 찌를 듯이 높이 솟아 있다. 그들의 통곡이 하늘까지 닿은 것처럼”. 나무의 내면에 숨어 있는 아픔까지 헤아릴 줄 아는 감성은 선생의 문학에 온기를 더하는 원동력이 되어 주었음은 물론이다.

가족을 사랑하는 사람보다 더 행복하고 정이 많은 이는 없을 것이다. 이제 선생은 모든 가치의 우선에 가족에 대한 사랑을 놓은 것처럼 보인다. 그런 선생에게 화답이라도 하듯 식구들은 가정의 화목을 함께 만들어 간다. 연말이면 온 식구가 기발한 생각을 짜내어 가장(假裝) 파티를 여는가 하면, 사위는 처갓집 행사에 ‘시퍼런 만 원권 지폐’를 상자에 가득 담아 깜짝 선물을 하기도 하고, 남편은 아내가 듣고 싶어 하는 노래를 생일날 불러주기 위해 몰래 연습을 하는 가족의 중심에 선생은 당당히, 행복하게 자리 잡고 있는 것이다(〈작은 이벤트〉).

이제 일 년 열두 달 삼백육십오 일이 야망과 꿈, 미래, 청춘이었던 봄날은 갔다. 영원할 것 같았던 그 봄날을 보내고 황혼기에 이르니, 뜻밖에도 봄을 보는 시각이 달라졌다. 이제야 비로소 계절에 순응하며 피어나는 음전한 꽃들이 눈에 들어오기 시작했고, 새소리와 물소리가 정겹게 들리며, 잡초 하나에도 애정의 눈을 떼지 못하게 된 것이다(〈안산(鞍山)의 봄〉).

선생의 호는 '일석(一石)'이다. 길거리에 아무렇게나 굴러다니는 돌멩이, 사람들의 발길에 채이고 밟히는 돌멩이는 조금도 귀하게 보이지 않지만, 선생은 그 돌멩이에게서 자신의 모습을 굳건히 지키고 있는 인내와 자존심을 보았기에 기꺼이 자호로 삼았다고 했다(〈호변(號辨)〉).

이 책의 지은이는 "영글지 못한 글임을 알면서도 책을 내놓는다"고 책머리에 밝혔다. 그러나 읽는 이들은 그 겸손 속에 숨어 있는 선생의 자존심과 자부심을 발견하게 될 것이다.

책을 내면서

어렵게 책을 내놓으며,

어쩌다 나는 늦은 나이에 글쓰기를 시작한 것일까 자문해본다. 젊어서는 정치에 꿈이 있어 사회과학을 공부하였는데왜 문학이라는 생소한 길을 걷게 되었는지.

큰 뜻이 있어서가 아니다. 나이 들어 이렇게 무의미하게 살다간 인생이 그냥 사그라지는 게 아닐까 하는 두려움에 아찔했다. 뭔가 해야겠는데…. 붓글씨를 써볼까, 그림을 그려 볼까하고 이곳저곳 기웃거리다가 그만 수필마당에 자리 잡았다.그렇게 확신 없이 시작한 것이니 글을 쓴들 얼마나 잘 쓸 수있겠느냐는 회의와 한계에도 부딪혔다.

그러나 지금은 수필과 함께 하는 것이 안온하고 글을 쓰는것에 자부심을 갖는다. 내 생전에 꼭 해보고 싶은 일이 있다면 제대로 쓴 책 한 권을 세상에 남겨 놓는 것이다.

이 책은 그 첫 시도다. 영글지 못한 글임을 알면서 책을 내놓는 것은 욕심일지 모른다. 하지만 두렵다고 마냥 늦추었다간 더 진전이 없을 것 같아 한 획을 긋고, 새롭게 나아가기 위해 용기를 내었다.

탁월한 저술가인 움베르토 에코는 인류가 영원히 멸망하지 않는 길은 자식을 낳는 일과 책을 내는 것이라 했다. 자식을 낳아야 종족이 이어질 것이고 좋은 책이 나와야 밝은 세상을 살아갈 수 있으리라.

책을 내는 일이 인류의 진전에 조금이라도 기여하는 것이라면 끊임없이 수필 쓰기에 정진하여 새로운 지평을 열어가고자 한다.

그동안 글쓰기를 깨우쳐주신 이정림 선생님과 윤재천 선생님께 감사드린다.

그리고 내 등을 떠밀며 수필을 시작하게 한 아내, 멋진 표지를 만들어 준 장녀 김유라와 원고를 정리하고 글 쓰는데 도움을 준 둘째딸 김현수에게도 고마움을 표한다.

2013년 여름

인왕산을 바라보며　一石 金漢奭

| 차례 |

미루나무

　태양이 뜨겁게 내리쬐는 햇살을 피해 오후 느지막하게 공원을 찾았다. 독립문 공원은 집 근처에 있어 이따금 그곳으로 산책을 나간다. 공원에는 독립문을 비롯하여 항일 투쟁에 관한 조형물들이 곳곳에 세워져 있어 단순한 공원의 의미를 넘어 매우 소중한 역사의 현장이기도 하다.

　그러나 나는 공원 안의 형무소 역사관을 찾는 경우는 드물다. 사료(史料) 전시관으로 꾸민 그곳에 들어가려면 옛 형무소의 높은 담과 감시하는 망루, 그리고 덜컹하는 쇠문을 거쳐야 하기 때문에 마치 어디에 갇히는 것 같은 기분이 싫어서다. 하지만 오늘은 제헌절이다. 제헌절과 형무소가 직접적인 관련은 없으나 선열들의 피 흘린 대가로 얻어진 독립이기에 헌법 제정 또한 이런 과정이 있어 가능했던 것 아닌가 하는 생각에 서다.

녹음이 우거진 한여름인데도 학생들, 아이 손을 잡고 수첩을 쥔 젊은 어머니, 휠체어에 몸을 의지한 채 거동이 불편한 시민들도 눈에 띄었다. 그들 또한 제헌절의 의미를 새기려 일부러 이곳을 찾은 것 같아 이런 것들이 바로 나라의 밑거름이라는 생각에 가슴이 뿌듯했다.

사료(史料)와 기록사진으로 가득 메운 전시관을 빠져나와 팻말이 가리키는 마지막 코스는 사형장(死刑場)이다. 안내판에는 '조국의 독립을 위하여 싸우다가 형장의 이슬로 사라져간 선열들의 넋이 서려있는 곳'이라고 적혀 있다. 나는 이 안내문보다 사형장 앞에 서 있는 미루나무에 얽힌 설명에 더 마음이 쏠렸다. 형장으로 들어가는 사형수들이 이 나무를 붙들고 통곡하였다는 구절이 나를 그 자리에서 떠나지 못하게 한 것이다.

나로서는 죽음에 직면한 사람의 마음을 헤아릴 길이 없다. 그러나 형장에서 맞이해야 할 죽음은 늙거나 병들어 죽는 자연사와는 사뭇 다르다. 그들 가운데는 지금 죽기에는 나이가 아까운 젊은이도 있을 것이고, 죽으려도 죽을 수 없는 억울한 사람들도 있었을 것이다. 이유야 어찌됐든 죽음의 장소로 끌려가는 그들의 심정은 어떠하였을까. 미칠 듯이 절규해 보지 않고서야 어찌 그냥 견뎌낼 수 있었겠는가.

그들은 무엇 때문에 그토록 통곡하였을까. 삶에 대한 애착에서였을까, 혈육과의 아픈 이별 때문이었을까. 그런 것은 평범한 사람들이면 누구나 갖는 원초적인 감정일 것이다. 그러나 우리의 애국지사들은 그것을 뛰어넘어 좀 더 값진 삶을 갈구하지 않았을까. 나라와 민족의 장래를 위해 아직도 못다 한 일이 태산 같은데, 이대로 세상을 하직해야 한다는 울분이 더 견딜 수 없는 고통이었을 것이다. 살고 싶어도 더는 살 수 없는 사형수, 살 수 있는데도 스스로 삶을 마감하는 자살자. 너무나 다른 두 죽음의 환상(幻想)을 떠올리며 삶과 죽음의 의미를 생각해 본다.

미루나무가 있는 곳에서 서너 발짝만 더 걸으면 처형장의 입구에 이른다. 여기를 지나치면 이젠 어디에도 울분을 토해낼 시간도 장소도 없다. 그래서 마지막으로 나무를 끌어안고 소리내어 실컷 통곡하고 나면 조금은 진정될 수 있었는지. 나는 미루나무가 어느 정도 그들의 마음을 달래주는 버팀목이 되었을 것이라는 생각이 들었다.

곧게 뻗은 미루나무는 하늘을 찌르듯이 높이 솟아 있다. 그들의 통곡이 하늘까지 닿을 것처럼. 담을 사이에 두고 사형장 안에도 미루나무가 한 그루 서 있다. 그러나 바깥에 있는 나무와 달리 너무 초라하고 볼품이 없다. 같은 시기에 심었다는데, 이 나무는 사형수들의 한(恨)이 서려 잘 자라지 않는다고 전한다.

전에는 처형장의 출입문을 자물쇠로 잠가놓아 밖에서 형장의 외곽만 겨우 넘겨다 볼 수 있었다. 그러나 지금은 모두 개방하여 사형수의 의자, 얼굴에 씌우는 용수, 천장에 매달린 오랏줄과 발이 땅에 닿지 않도록 파놓은 구덩이에 이르기까지 사형 장면을 그대로 볼 수 있게 해 놓았다. 사람의 생명을 단절하는 장면을 저토록 적나라하게 개방하는 것이 과연 바람직한 것인지 고개를 갸웃거렸다. 하지만 애국지사들이 최후를 맞은 바로 그 현장이라 생각하니 경건함에 차마 고개를 들지 못하고 마음속으로만 명복을 빌었다.

사형장을 돌아 나오면서 자꾸 뒤를 돌아보았다. 사형수들의 처형 장면을 낱낱이 지켜봤을 미루나무는 숱한 사연을 안고서 무심하게 서 있다. 겉으로는 그저 뜨거운 햇볕을 받으며 싱싱하게 자라고 있는 한 그루 나무일 뿐이다. 그러나 내면에 안고 있는 그 아픔을 어떻게 삭여내고 있을까. 미루나무에서 울어 대는 매미 소리가 유난히 요란하다. 아직도 이어지는 원혼(冤魂)의 울부짖음일까. 아니면 원혼을 달래는 진혼(鎮魂)의 나팔 소리일까.

죽음 앞에서 소중하지 않은 목숨이란 없다. 하지만 오늘따라 순국선열의 죽음이 이토록 숭고하게 느껴지는 것은 무슨 연유에서일까.

짐과 체면

어릴 때부터 나는 짐을 들고 다니는 것을 무척 싫어했다. 중고등학교 시절에는 짐을 들고 다니는 모습을 남이 볼까봐 뒷길이나 한적한 길로 돌아서 다니기도 했다. 혹 아는 여학생이라도 마주치면 체면을 구긴다는 생각에 언제나 마음이 조마조마했다. 그런 모습을 보였다간 연애 한 번 제대로 못할 것 같았다. 성격이 활달하였는데도 짐을 들고 다니는 것에 대한 부끄러움과 소심함은 좀 유별났던 것 같다.

결혼하여 서울에 살면서 가끔 서울역으로 친지들의 마중을 나가곤 했는데, 기차에서 내리는 손님들의 행색이 각양각색이었다. 완행열차 승객들은 허름한 옷차림에 웬 보따리는 그렇게 많은지, 마치 피난 행렬을 연상케 했다. 하지만 특급열차에서 내리는 손님들의 모습은 확연히 달랐다. 말쑥한 양복차림에 007가방 하나만 달랑 들고선 시원스럽게 밖으로 빠져 나갔다. 신사란 바로 저런 사람들이 아닐까 싶어 나도 여행을 다닐 때는 저들처럼 가뿐한 차림으로 다녀야겠다고 마음먹었다.

옛날에는 주로 여자들이 짐을 들고 다녔다. 부부간 나들이를 할 땐, 여자는 포대기에 갓난아기를 업고 한 손엔 아이의 손을 잡고 다른 손엔 보퉁이를 들었다. 남자는 그저 앞에서 두 손을 휘젓고 가면서 부인의 걸음걸이가 늦다며 되레 재촉까지 하였으니, 이것이 남존여비 사상이 만연했던 시절의 외출 풍속이었다.

그러나 세상은 변하여 요즘 젊은 사람들 사이에선 남녀의 위치가 뒤바뀐 현상을 보여주고 있다. 짐은 물론, 남자가 아이를 업거나 안고 기저귀 가방마저 들고 다니는 광경을 어렵지 않게 볼 수 있다.

이와 같은 변화의 바람은 우리 집에도 불어 닥쳐 나에게까지 그 불똥이 튀었다. 지난번에 딸들이 모인 자리에서 아내가 너희들은 이런 경우 부부간에 누가 짐을 드느냐는 질문을 던졌다. 딸들은 당연히 남편이 든다며 입을 맞춘 듯 대답했다. 이어 큰딸이 마땅히 아버지가 들어야 할 무거운 짐을 어머니에게 미루는 경우를 많이 보았다면서 슬쩍 나를 겨눈다. 덩달아 셋째딸마저 아버지는 말로는 어머니를 위한다면서 막상 짐을 들어야 할 땐 외면한다며 저희 어머니를 두둔하고 나섰다.

나는 갑작스런 딸들의 공세에 가만히 있을 수가 없었다. 우리 세대의 인식으로는 점잖은 처지에 짐을 들고 다니는 것은 체면을 구기는 짓이라고 타일렀다. 아이들은 그런 논리에 안주하기엔 시대가 너무 바뀌었으니 아버지도 이제 변해야 한다며 자기들의 주장을 굽히려들지 않았다. 평소에 내 의견을 잘 따라주던 딸들이 아니었던가. 믿었던 딸들이 아버지의 심정을 몰라주니 외롭기도 하고 나를 뒤처진 사람으로 취급하는 것 같아 몹시 서운했다.

지난 여름, 나는 일용품을 잔뜩 산 쇼핑백을 양손에 들고 아파트 엘리베이터 앞에 서 있었다. 뒤따라오던 이웃 아주머니가 내 모습을 보고는 "참 자상하시네요." 하고 말을 걸었다. 마치 내가 장을 봐오는 것처럼 말하는 것 같아 무안했다. 나야 기껏 승용차 트렁크에서 꺼내들고 오는 것인데…. 그렇다고 구구하게 설명을 할 수도 없어 그저 "예, 예." 하면서 어색하게 엘리베이터의 동승자가 되고 말았다.

그 뒤로는, 조그마한 짐 하나 들기도 왜 그리 조심스러운지. 그런데 아파트 입구에서 드링크류 한 박스를 사들고 오다가 아차! 잘 아는 주부와 맞닥뜨렸다. 나를 보더니 얼른 짐을 받아들고는 "아니, 형님 드리려고 사 가시는가 보지요?" 하면서 엘리베이터 앞까지 들어다 주고 간다. 다들 왜 이러는 걸까. 그저 속으로 짐작하면 그만이지 꼭 알은체를 해야만 하는 건지 그 속내를 알 수 없었다.

이런 일들을 겪으면서 생각이 바뀐 걸까, 아니면 추세의 흐름이니 그에 따라야 한다는 딸들의 권고를 받아들여야겠다고 생각한 것일까. 어쨌든 단둘이 살면서 짐을 드는 문제를 포함한 집안의 일들을 계속 아내에게만 맡겨둘 것이 아니라 나도 함께 거들며 살아야겠다는 데 눈을 뜨게 되었다. 이것이 부부의 도리이거늘, 거기에 무슨 체면이 있을 수 있단 말인가. 늦었지만 생각을 바꾸고 나니 마음이 그렇게 가벼울 수 없었다. 비로소 딸들의 마음도 이해가 되었다.

그런데 이게 웬일일까, 그 생각을 실천도 하기 전에 허리에 심한 통증이 온 것이다. 부랴부랴 병원을 찾았더니 의사는 가장 먼저 하는 말이, 물건 드는 것을 절대 삼가하라는 당부다. 나는 진정 짐을 들지 말고 살라는 팔자인가. 운명은 끝까지

나의 체면을 지켜주고자 함일까. 아내는 내 건강을 크게 걱정하면서도 홀로 탄식을 한다. 그동안 짐 하나 들어주지 않던 양반이 겨우 마음을 고쳐먹어 이제야 서로의 역할을 분담하며 오순도순 살아갈 꿈을 그리고 있었는데….

정밀검사를 위해 MRI를 찍고 다시 병원을 찾았을 때, 사진을 판독하던 의사는 척추의 접착이 심하여 이대로 통증이 계속되다가 나중에 가서는 다리를 절게 될지도 모른다는 소견을 일러준다. 순간 가슴이 철렁 내려앉는 듯했다. 어쩌면 이는 체면에 얽매여 평생 남에게 짐을 떠맡기며 살아온 내가 앞으로 짊어져야 할 업보인지도 모른다.

병원을 나서며 나는 의사가 했던 말을 몇 번이고 되씹으며 허공을 향하여 깊은 숨을 내쉬었다.

이런 선물 받아 보셨나요

한 해의 마지막 달력을 남겨놓을 때면 누구나 조금은 들뜨면서도 착잡한 감회에 사로잡히게 된다. 마치 지나가는 한 해를 남은 한 달 안에 다 살아야 할 것처럼 마음도 공연히 바빠진다. 연말에 느끼는 감회에 내게 특별히 하나가 더해지는 것은 12월 6일이 결혼기념일이어서다.

우리의 풍속은 전통적으로 생일을 중요시한다. 그래서인지 사람들은 생일은 제대로 챙기면서도 결혼기념일은 소홀히 하는 경향이 있다. 하지만 한 생명의 탄생도 따지고 보면 원천은 결혼이 그 모태(母胎)이지 않은가. 이런 연유에서 나는 일찍부터 결혼의 의미를 매우 중요시해오고 있다.

지난해 12월 6일에는 아내와 바다를 찾았다. 노을 지는 겨울 바다를 바라보며 지난 세월 결혼기념일에 얽힌 추억에 사로잡혔다. 그 가운데서도 아주 특별한 장면에서는 영상이 절로 멈춰버리고 말았다.

그날, 아이들로부터 결혼기념 선물을 받았다. 네 아이 모두가 학생인지라 합작하여 마련한 모양인데, 순진한 애들이 무슨 예쁜 짓을 하였을까 설레는 마음으로 포장을 풀었다. 뜻밖에도 새하얀 종이방석 위에 곱게 싸인 예금통장이 사뿐히 놓여 있지 않는가.

놀라웠다. 어떻게 그런 생각을 하였을까. 아이들은 뭔가 뜻 있는 선물을 궁리하다 여행을 보내드리고 싶었는데, 부모님께 현금을 드릴 수가 없어 그런 기발한 생각을 해낸 모양이다. 넉넉지 못한 용돈을 타 쓰면서 적지 않은 돈을 모으느라 얼마나 힘들었을까 하는 생각에 가슴이 뭉클했다. 참으로 착한 아이들, 후일담이지만 포장가게 주인은 자기 평생에 예금통장을 포장해 보기는 처음이라며 매우 신기해하더라는 것이다.

세월이 훌쩍 흘러 자식들은 모두 결혼을 했다. 그런 어느 해의 결혼기념일. 가족과 함께 식사 후 선물을 증정하는 차례가 되었다. 사업을 하는 사위가 맨 나중에야 묵직한 상자 하나를 내밀었다. 다들 지켜보는 가운데 조용히 포장을 풀고 뚜껑을 열었다.

그 순간, 나는 낮은 비명을 질렀고 마음 약한 아내는 하마터면 뒤로 나자빠질 뻔했다. 둘러앉아 있던 가족들도 "와!" 하고 탄성을 지르며 놀랐는데, 박스 안에는 시퍼런 만 원권 지폐로 가득 채워져 있었다. 돈의 액수보다도 묶지 않은 돈이 부풀어져 있어 현찰의 경이(驚異)로움에 어안이 벙벙하였다. 사람들이 돈에 매혹되는 것이 바로 이런 경우에 직면했을 때가 아닐까 하는 생각이 들었다. 당황한 나머지 막상 그 돈을 선물로 받아야 할지 순간 주춤해 있었다.

이를 지켜보던 사위는 "실은 요즘 사업상 예상치 않은 횡재를 만났습니다. 그 동안 제대로 사위노릇을 못했는데 이참에 꼭 보답해 드리고 싶었습니다." 하는 것이 아닌가. 다만 이런 방법이 결례가 되지 않을까 하여 몇 번을 망설이다가 용기를 냈다며 예쁘게 봐달라고 하였다. 듣고 보니 마음이 놓였다. 횡재란 결코 거저 얻어지는 것이 아니다. IMF로 나라 경제가 불황의 나락에 빠져 모두들 몸을 사릴 때 사위는 남보다 한발 앞서 용감하게 벤처에 뛰어들었다. 이렇듯 과단성 있게 도전하며 창의력을 발휘한 데서 얻어진 귀중한 과실(果實)이라 감회가 각별했다.

그리고 십 년 전쯤, 큰딸이 콘서트 티켓을 내놓으며 좋은 좌석이니 꼭 관람하라고 당부했다. 그러나 좋다는 자리도 두어 번 실망한 적이 있어 그 말에 별로 관심을 두지 않았다. 그저 가벼운 생각으로 입구에서 티켓을 내밀었더니 안내원이 멈칫하면서 "제가 모시겠습니다." 하며 전용 통로로 좌석까지 안내하고는 공손히 박스 문을 닫고 나간다. 온전히 외부와 차단된 아늑한 공간이었다. 그제야 딸이 한 말이 '그게 아니었구나' 하고 정신을 차렸다. 의자 앞에는 탁자가 놓이고, 테이블 위에는 오페라글라스라는 쌍안경 같은 것이 가지런히 놓여 있었다.

시작 시간이 임박해서인지 관람석은 이미 만원을 이루고 있었다. 무대에서 가까운 2층에 돌출된 좌석이라 모든 시선이 나를 향하고 있는 것 같아 기분이 상기되면서도 왠지 조심스러웠다. 전면이 훤하게 트여 관중석의 움직임과 무대의 공연을 두루 볼 수 있었다.

대단한 긍지와 자부심을 가진 오페라하우스는 그 건축미와 화려한 내부 장식이 장관이었다. 서서히 점화되고 소등되는 은은한 조명 아래서 음악과 오페라에 인생을 걸며 살아가는 사람들과 더불어 예술의 진수를 감상하는 순간 순간, 대단한 음악애호가라도 된 듯 분위기에 빠져들었다.

젊은 시절 서양 영화에서 오페라 공연 장면을 보아온 내 기억으로는 BOX석에는 으레 귀족이나 대부호들이 뛰어난 미모와 화려한 의상, 고상한 자태를 뽐내며 앉아 있어 그 자체가 또 하나의 무대요 연출이었다. 오페라글라스로 맞은편의 경쟁자나 연인들의 모습을 슬그머니 훔쳐보는 것이 매우 흥미로워 보이기도 했다. 많은 사람들의 시선을 받으며 우아하게 앉아 있는 모습이 부러워서 꽤나 시샘도 하였는데, 바로 내가 그 자리에 앉아있는 것이다. 아내와 나는 흥분을 감추지 못한 채 시종 들뜬 기분이었다. 엄마 아빠를 위해 딸이 선물한 음악의 밤은 우리의 결혼기념 행사를 화려하게 장식해 주었다.

그런데 문득 세상이 참 좋아졌다는 생각이 든다. 권력 없고, 힘없는 보통 사람들도 이런 자리에 앉을 수 있다는 것이 새삼 놀라웠다. 얼마 전 미국의 오바마 대통령은 대학농구 중계석에 나와 아나운서와 대화를 나누고, 귀빈석을 마다하고 관중석에서 경기를 관전했다. 인류의 역사는 언제나 불공평한 거라고 외쳐왔는데, 이제 그 높은 벽이 조금씩 허물어지고 있는 것 같아 기뻤다.

아내와 결혼하여 긴 세월, 숱한 어려움을 이겨내며 살아왔다. 그 나날들을 되돌아보며 나는 마음 푸근한 행복감에 사로잡힌다. 그동안 딸들을 시집보내 사위를 얻었고, 아들을 결혼시켜 며느리를 맞았다. 또한 손자까지 열여섯 명의 대가족이 되었다. 현대의 핵가족에서는 결코 적지 않은 가족 구성원이다. 다 모이면 온 집안을 꽉 채운다.

오늘날 철저한 가족해체 속에서도 우리 집안은 새로운 형태의 대가족제도를 착실히 복원하고 있다. 모두가 한 집에 살아서가 아니라 가족이라는 큰 울타리 안에서 서로 돕고, 같이 호흡하며, 함께 웃으며 살아가고 있다.

이런 분위기 속에서 우리의 결혼기념일은 단순히 둘만의 행사가 아니라 대가족이 함께 참여하여 사랑과 기쁨을 나누는 매우 소중한 날로 이어가고 있다.

여명(黎明)

지하철은 오늘도 만원이다.

차안이 붐비다 보니 노인들은 웬만해선 편안히 자리에 앉아 가기 어렵게 되었다. 젊은이들이 양보하지 않으면 힘들어도 서서 갈 수밖에 없는 신세다.

이런 사정을 감안해서인지 얼마 전 서울도시철도공사가 지하철 1호선에 노약자석을 늘려 시험운행에 들어갔다. 그러자 일부 젊은이들이 노약자석 확대 반대 서명운동을 펼치고 있다는 기사를 읽었다. 그들은 인터넷 게시판에서 우리는 단지 젊다는 이유만으로 피곤해도 자리에 앉지 못하고 서서 가는데, 노인들은 그 좌석이 마치 자기들의 전유물인 양 생각하고 있다는 것이다.

그런 시비를 뒷받침이라도 하듯 지하철에서 나는 좀 씁쓸한 광경을 목격하였다. 젊은 여인과 할아버지가 빈자리를 놓고 동시에 앉으려다 할아버지가 먼저 자리를 꿰찼다. 그러자 젊은 여인이 대뜸 "할아버지, 여기는 젊은 사람들이 앉는 곳이에요. 저 끝에 경로석이 있으니 거기 가서 앉으세요." 하며 아주 확신에 찬 어조로 항의하는 것이 아닌가. 이런 황당한 주장이 어디 있는가. 그 가까이에 앉아 있는 나까지 싸잡아 퍼붓는 것 같아 어디론가 몸을 숨기고 싶은 심정이었다. 동시에 가슴 한편에선 분노가 치밀어 올랐다.

노인은 가운데 문으로 들어와 빈자리를 찾아 앉았을 뿐인데, 그 여자의 당당한 기세로 보아 노인일랑 아예 노약자석에만 앉으라는 투다. 경로(敬老)한다는 명목으로 노인을 한쪽 구석으로 몰아넣고 일반석에는 얼씬도 못하게 한다면 이는 오히려 역차별 아닌가. 차에 오르면 먼저 노약자석의 빈자리를 확인한 후에 일반석을 넘보라는 뜻이라면, 이리저리 오가는 사이 빈 좌석은 고스란히 젊은이의 차지가 될 것이다.

새파란 여자에게 무례를 당하고도 노인은 혼잣말로 중얼거릴 뿐 달리 대꾸를 하지 않았다. 자리를 차지했으니 입씨름할 필요가 없다는 생각에서일까. 아니면 대중 앞에서 젊은 사람과 맞고함 치며 실랑이하기가 성가셨기 때문이었을까.

나는 좀 답답했다. 그래도 승객들 가운데 누군가가 나서서 그 여자의 행동이 당돌하고 무례하다며 질타라도 해주길 바랐는데…. 언제부터인가 우리 사회는 아무리 꼴사나운 일이 벌어져도 자기일이 아니면 불간섭주의로 일관하는 방관자가 되어버렸다.

두 사람이 간발의 차이로 자리를 잡거나 놓치는 경우는 전철 안에서 흔히 있는 일이다. 때로는 젊은이가 사람을 밀치다시피하며 자리를 차지할 때 거기에다 대고 고함을 지르는 노인은 보지 못했다. 이건 어쩐지 세상이 뒤바뀐 현상 아닌가.

나는 눈을 감고 한참 생각에 잠겼다. 늙은 것이 내 잘못인 것만 같아 마음이 서글펐다. 더욱 요즘 와서 전철의 적자가 누적된다며 노인에 대한 무료승차 제도를 개선할 움직임마저 보이고 있다. 현재 65세 이상이면 누구나 전철을 무료로 이용할 수 있는 것을 앞으로는 일정한 연령과 소득에 따라 차등 적용하는 방안을 모색하고 있다고 한다.

오늘날 노인 세대가 얼마나 외롭고 힘들게 살고 있는지, 전철을 이용하는 사람들의 동태에서 쉽게 알아볼 수 있다. 식구들의 눈총을 받으면서 집안에만 눌러있을 수도 없고, 밖에 나온들 갈 곳 없는 노인들은 오가는 전철 안에서 시간을 보내는 경우가 많다고 한다. 어떤 이들은 서울에서 멀리 떨어진 천안까지 가서 무엇을 하는지 해거름에야 돌아온다는 이야기에 한없이 우울하다.

이런 노인들에게는 전철을 부담 없이 이용할 수 있는 무료승차제도가 얼마나 위안이 되며 다행한 일인가. 그들에게 소일거리를 찾아가거나 나들이라도 할 수 있게 숨통을 틔워주는 통로가 되고 있기 때문이다. 만약 무료승차의 혜택마저 빼앗는다면 의지할 곳 없는 노인들이 얼마나 허탈해할 것인가. 노인의 무료승차여부는 좌석 지정 시비에 앞서 보다 근원적인 문제이다.

노인석 확대에 대한 젊은이들의 반대서명이 잇따르자 노인단체에서는 그들과 맞대응하지 않고 서로 대화로 해결하자고 제의했다. 옛날 같으면 호통 한번 쳐버리면 그만이었지만 시대가 바뀐 탓에 노인들도 현실을 직시하고, 젊은이들이 반대한다면 노인석 확대를 굳이 고집하지 않겠다는 생각인 것 같다.

나는 인터넷에서 노인의 건강관리나 몸가짐에 대한 메일을 자주 접한다. 거기에는 웬만하면 노약자석에 앉지 말고 젊은 사람들로부터 자리 양보를 바라서도 안 된다고 타이른다. 스스로가 노인임을 드러낼 필요도 없고, 서서 가는 것이 자연스레 운동도 되고 건강에 대한 자신감도 갖게 된다는 것이다.

얼마 전, 일본 고베(神戸)에서 시내버스에 오르자 바로 앞자리 노인석이 비어 있었다. 그 자리에 앉으려다가 옆을 보니 깡마르고 허리가 구부러진 노인이 손잡이에 겨우 매달려 서 있지 않는가. 보기에도 안쓰러웠다. 움찔하며 "여기에 앉으세요." 하고 손을 내밀었더니 고개를 설레설레 젓는다. 서서 가면 힘들지 않느냐고 되묻자 자기보다 더 쇠약한 사람이나 불편한 장애인을 위해서라고 했다. 그럼 도대체 어떤 사람이 앉을 것인가 무척 궁금했는데, 종점에 이르기까지 많은 사람들이 타고 내리는데도 그 자리는 내내 비어 있었다.

나도 전에는 전철 안에서 젊은이로부터 은근히 자리 양보받기를 바라기도 했다. 하지만 그 이후로 서서 가는 것이 차츰 습관이 되어 요즘은 양보해주는 젊은이와 승강이를 벌일 때도 있으니, 이런 내가 스스로 기특해서 황혼의 나이에 여명을 보는 듯하다.

허풍이라도 좋다

10개월 동안의 대장정 끝에 막을 내린 미 대통령 선거전. 미국인들은 47세의 흑인 초선 상원의원에게 압도적 지지를 보냄으로써 미국을 거듭나게 하는 선거 혁명을 이뤄냈다. 그 승리의 한가운데는 버락 오바마의 명연설이 있었다.

온갖 역경을 딛고 꿈을 키워온 오바마는 연설에도 언제나 꿈으로 가득 차 있었다. 서민의 꿈, 이민자의 꿈, 유색인종의 꿈. 한마디로 '아메리칸 드림'에 대한 한없는 믿음을 바탕으로 한 그의 열정은 연설이라기보다는 차라리 웅변이었다.

오바마의 열변을 화면을 통해 지켜보며, 학창시절 웅변에 골몰했던 나의 모습을 떠올렸다. 반세기의 긴 세월 속에서도 그 기억은 조금도 지워지지 않은 채 너무나 선명하게 살아났다.

내가 중·고등학교에 다니던 시절에는 사흘이 멀다 하고 시민궐기대회나 반공 강연회가 열렸고, 학생들은 영락없이 이에 동원되었다. 다른 아이들은 이런 행사가 지겨워 뒤에서 장난치고 놀기도 했으나 나는 정치인들의 연설이 왜 그리 재미있던지 앞으로 다가가서 한마디라도 놓칠세라 귀를 쫑긋 세우곤 했다.

그 당시 고향 진주에는 설창수라는 걸출한 정치인이 있었다. 그분은 본래 시인이지만 언변이 뛰어나 그의 웅변에는 사람의 영혼을 뒤흔드는 카리스마가 있었다. 그에게 감동되어 나도 장차 저런 웅변가가 되어 난국을 이끄는 민족의 지도자가 되리라 꿈꾸곤 했다.

웅변대회 요강이 발표되면 나는 시사 잡지나 신문 칼럼을 뒤적이며 원고를 썼다. 어떤 때는 무슨 뜻인지 정확히 이해하지도 못하면서 좋은 문구나 호소력이 있다고 생각되는 글이면 일단 옮겨 썼다. 그러고는 내 스타일의 웅변 논조에 맞게 재구성했다. 겨우 중·고등학생 주제에 치세(治世)와 경륜을 담은 웅변 원고를 혼자서 작성한다는 것은 지금 생각해 보아도 세상 무서운 줄 모르고 날뛴 만용이었음에 틀림없다. 그러나 만용

도 용기라고 믿는 것이야말로 젊은이를 젊은이답게 하는 힘이
지 않은가.

당시는 시대적 혼란기여서 그런지 웅변대회가 자주 열렸다.
별다른 구경거리가 없던 때라 대회장에는 언제나 시민과 학생
들의 열기로 가득했다. 웅변대회 단상에 자주 서다 보면, 열변
을 토하는 가운데도 친구들이 어디에 앉아 있고, 누가 박수를
치며, 어떤 여학생이 미소를 짓고 있는지, 청중의 동작 하나
얼굴의 표정까지 낱낱이 눈에 들어온다. 제대로 연설하기에도
급급한 상황에서 그런 여유가 도대체 어디에서 생겨나는 것인
지, 그런 묘미 때문에 더욱 웅변에 빠져들지 않았나 싶다.

어느 해 시내 중·고등학교 대항 웅변대회 때였다.

"친애하는 국민 여러분!" 하고 시작한 연설에 한참 열을 올
리다가 가장 중요한 대목에서 갑자기 말이 막히고 말았다. 당
황하여 급히 원고를 뒤적여도 찾는 대목이 좀처럼 눈에 띄지
않았다. 장내는 숨을 죽인 듯 고요하다. 내 모습을 안타깝게
바라보고 있었던 것일까. 그런데 침묵을 깨고 이곳저곳에서
쑥덕거리는 소리가 들리기 시작하더니 급기야 "집어치워!" 하
는 거친 야유가 귀청을 때렸다. 그럴수록 할 말은 더 멀리 달아
나 버려 참으로 난감했다.

간신히 잃어버린 대목을 찾아 고개를 들었을 때는 눈앞이 캄캄했다. 그 많던 청중의 얼굴이 어디로 숨었는지 하나도 보이지 않고, 찾아낸 원고마저 제대로 말이 되어 나오지 않아 등줄기로 식은땀만 흘러내렸다. 이미 판은 깨졌으니 속히 이 곤경에서 벗어나야 한다는 절박한 소망뿐이었다. 겨우 연설을 끝내고 단상에서 내려올 때는 까닭 모를 서러움이 복받쳐 눈물이 핑 돌았다.

이 눈물을 닦을 기회를 기다리던 몇 달 뒤, 진주에서 열리는 영남예술제(嶺南藝術祭, 개천예술제로 개칭)에서 전국웅변대회가 열린다는 소식이다. 한동안 깊은 시름에 빠져 있던 나는 두 번 다시 실패는 없다며 비장한 각오로 준비에 임했다. 동이 트기 전, 새벽 공기를 가르며 남강 변으로 달려가 도도히 흐르는 강물을 군중으로 가상(假想)하여 목청을 틔우며 담력을 키웠다. 집에서는 거울 앞에서 제스처와 표정까지 세세히 살피며 실전을 방불케 하는 연습을 거듭했다. 원고도 모조리 외웠다.

드디어 벼르던 전국웅변대회 날, 아침부터 기분이 상쾌했다. 호흡을 가다듬고 연단에 섰을 때는 자신감에 충만해 있었다. 쩌렁쩌렁한 목소리가 막힘없이 흘러나와 웅변하는 내내 뜨거운 박수를 받았다. 결과는 2등이었다. 1등을 놓친 것은 애석했지만 내로라하는 전국의 연사들을 제쳤으니, 지난번의 아픔에서 온전히 벗어나 정상(頂上)에 도전하는 데 자신감을 얻게 되었다. 이렇게 굴곡을 겪으며 다져온 웅변실력으로 장차 사회에 나가 대중 앞에서 사자후(獅子吼)를 토하게 될 것이라는 꿈을 굳건히 했다.

하지만 사회인이 되어서는 옛날의 그런 열정과 자신감 넘치는 웅변을 펼쳐 보지 못했다. 당시 웅변이라면 순전히 정치권의 독무대였기에 웅변만 잘하면 어렵지 않게 정치인이 될 수 있을 것이라 생각했다. 하지만 나는 그 자질을 살리지 못하고 그토록 열망했던 꿈의 무대에 서 보지 못했다. 내 인생은 결코 성공하지 못한 삶이 되고 만 것이다.

그나마 자위(自慰)하는 것은 종합행정을 하는 공무원의 직책상 군중집회에서 연설할 기회가 많았다. 하지만 마음껏 외치고 선동하는 웅변형(型)이 아니라 주어진 정책을 효과적으로 설득해야 함으로 내가 그리던 열정 넘치는 사자후는 끝내 토해내지 못했다.

우리 중학 시절에야 모두가 대통령이 되겠다고 하지 않았던가. 웅변을 통해 국가 지도자를 꿈꾸던 학창시절의 추억은 긴

세월에도 내 맥박 속에 고스란히 살아 있다. 비록 허풍일지라
도, 세상을 향해 호령하듯 패기 넘쳤던 그 젊은 모습을 나는
오래도록 간직하고 싶다.

유라와 수수

결혼한 이듬해 나는 첫딸을 낳았다. 사랑이 맺어준 귀중한 선물이다. 그 해 가을은 청명한 날씨가 계속 이어져 풍년에 들뜬 사람들마다 마음이 푸근하였다. 어렵게 살던 시기였기에 넉넉한 가을에 태어나는 생명은 모두가 축복이었다.

딸아이는 참으로 예뻤다. 흔히 사람들은 눈에 넣어도 아프지 않다는 말로 자식에 대한 애정을 표시하곤 한다. 그러나 그 말조차 나에게는 미흡한 표현으로 들렸다. 딸에게 예쁜 이름을 지어 줌으로써 부모의 애틋한 사랑을 가득 채워주고 싶었다.

그 즈음 나는 노벨문학상 수상 작품인 ≪닥터 지바고≫를 읽고 있었는데, 거기에 '유리'라는 주인공이 등장한다. 솔직히 나는 그 책 속의 줄거리에 대한 관심보다는 등장인물의 이름에 더 마음을 쏟고 있었다. 딸의 이름 짓기에 골몰하던 때라 책에서 뭔가 좋은 이름을 얻을 수 있을 것 같은 영감이 머리를 스쳤다. 그러다가 언뜻 '유라'라고 지으면 어떨까 하는 생각이 들어 입 안에서 이리저리 굴려보고, 또 몇 차례 소리 내어 불러보고선 '바로 이것이다!' 하고 단안을 내렸다.

우리나라의 관습에는 길흉화복(吉凶禍福)을 점치며 살아온 것에 익숙해 있어 아이 이름 짓는데도 무척 공을 들였다. 전통의 작명법에서는 사주에 따르는 음양과 오행 그리고 획수를 따지는 것을 필수조건으로 한다. 그러나 나는 과거의 틀에서 벗어나 좀 더 특징 있는 이름을 지어주고 싶었다. 무엇보다 꼭 한자를 사용해야 할 이유도 없으려니와 한글 이름이 우리 아이들 세대에는 잘 어울릴 것이라 생각되었다. '유라'라는 이름은 우리 고유의 이름에 비추어 어감 상으로도 뒤지지 않을 뿐 아니라 서양 이름의 분위기도 약간 풍기고 있어 마치 동서양이 친근하게 어우러져 조화로운 모습을 보는 것 같아 매우 흐뭇했다.

시간이 지날수록 이름은 더 빛이 나는 듯하였고, 지체하면 잘못되기라도 할까봐 서둘러 출생신고를 하기 위해 관공서를 찾았다. 호적계에 서류를 내밀었더니 이게 웬일인가, 담당 직원이 접수를 거절하는 것이 아닌가. 한자(漢字) 이름이 아니라는 것이 이유였다. 나는 수긍할 수 없다며 그대로 버티고 서 있었다. 그 직원은 마지못해 서류를 받아 들고 계장과 과장 사이를 분주히 오가더니 한참만에야 '쾅' 하고 도장을 찍어주었다. 그제야 안도의 숨을 길게 내쉴 수 있었다. 이렇게 우여곡절을 겪으며 탄생한 이름이기에 나에게는 더욱 소중하게 느껴졌다.

삼년 후 둘째딸이 태어났다. 아내는 기대했던 아들이 아니어서 서운해 했으나 나는 첫째의 경우와 똑같이 사랑스러웠다. 그래서 둘째딸에게도 당연히 아름다운 한글 이름을 지어주기로 마음먹었다. 이번에는 단순히 부르기 좋은 것에만 그치지 않고 뜻을 지닌 이름이면 금상첨화(錦上添花)라고 생각했다. 좋다고 생각되는 여러 개의 이름을 종이에 빼곡히 써 놓고서는 하나씩 지워가며 선택된 마지막 이름이 '수수'였다. 수수는 곡식의 한 종류이자 오곡백과의 풍요로움을 뜻한다. '수수하다'는 낱말은 순수한 우리말로 착하고 소박한 성품을 말하지 않는가. 물질적으로 궁색하지 않고, 아름다운 품성을 지닌 여성으로 성장하기 바라는 표현으로는 그만이라 생각되었다.

그런데 뜻하지 않게 아내가 반기를 들고 나선다. 자식의 장래와 운명이 걸린 이름을 육갑도 짚을 줄 모르는 사람에게 두 번 다시 맡길 수는 없다며 버틴다. 그리고는 작명가에게 의뢰하여 제대로 된 이름을 짓겠다는 것이었다. 나는 이보다 더 좋은 이름은 나올 수 없다며 아내를 설득하였다. 그러나 아내는 좀처럼 자기 주장을 누그러뜨리지 않더니 기어이 작명가를 찾아가서 '현수(炫秀)'라는 이름을 지어오고야 말았다. 그 이름으로 평생 부귀영화를 누릴 것이라는 작명가의 상투적인 말까지 곁들이면서.

자식을 사랑하는 부모 마음이야 아내나 나 사이에 누가 뒤질 것인가. 그러나 사람의 장래는 예측할 수 없는 일. 누가, 무엇이 끼어들어 사람의 운명을 좌지우지할 수 있단 말인가. 더구나 이름 하나로 사람의 앞날을 결정한다는 것은 어불성설(語不成說)이라는 생각에 나는 아내의 뜻을 받아들일 수 없었다. 그 때부터 둘째딸의 이름은 수수와 현수, 두 이름으로 불리어졌다.

그러다 꽤 세월이 지난 어느 날, 아내는 내게 아무런 상의도 없이 현수라는 이름을 주민등록에 선점해버렸다. 그 후 둘째의 이름은 별수 없이 현수 쪽으로 굳어져 버리고 말았다. 첫째 딸은 출생 즉시 호적신고를 하였으나 둘째의 경우는 내가 지어준 이름이 아니어서 까맣게 잊고 지내다 중학 입학서류를 제출하느라 부랴부랴 호적신고를 하였다. 그러다보니 혹시 주워온 아이가 아닌가하고 사돈집에 오해까지 샀으니 두고두고 둘째 딸에게 미안할 따름이다.

그 당시 '수수'라고 이름 지었다면 둘째딸의 운명이 바뀌었을까. 마치 요즘 TV 연속극의 마지막 장면에서 시청자가 원하는 대로 주인공의 운명을 확 바꾸어버리듯이 말이다. 평소 운명론 같은 것엔 관심을 두지 않는 둘째는 엄마의 심정을 헤아려서인지 자기 이름에 대해 불만을 표시한 적이 없다. 그러나 아버지가 지어준 '수수'라는 독특한 이름을 갖지 못한 것에 대해서는 못내 아쉬워하고 있다.

첫째 딸 유라는 자신의 이름에 대해 들을수록 정감이 가고 발음하기도 좋다며 매우 흡족해한다. 또한 자기는 사주(四柱)와 상관없이 지은 이름이기에 운명 따위에 기댈 필요도 없이 스스로 삶을 헤쳐나간다면서 작명을 한 아비의 생각보다 한 발 앞지르고 있다.

유라와 수수.

딸에 대한 애틋한 사랑의 표현으로 지어본 이름. 그 이름이 실제로 쓰이든 안 쓰이든 그 이름에 담겨진 아버지의 마음을 조금이라도 헤아려 준다면 더 바랄 게 뭐가 있으랴.

잡초의 변(辯)

요즘 아침 신문을 펼쳐보면 '노 대통령님, 들판의 잡초는 제초제를 써서라도 없앨 수 있지만…'이라는 대문짝만한 식품 광고가 자주 눈에 띈다. 이 기사를 보며 지난번 노 대통령이 국민에게 보낸 메시지를 떠올린다.

대통령은 이메일을 통하여 공무원을 포함한 530만 명에게 '잡초 정치인 제거'에 온 국민이 발 벗고 나서야 한다고 주문하였다. 그날은 마침 대통령에 취임하여 얼마 되지 않은 어버이날이어서 무슨 덕담이라도 기대했던 국민들은 난데없는 잡초론에 다소 어리둥절했다.

사회 조직의 구성원들 가운데는 꼭 있어야 할 사람과 있어서는 안 될 사람으로 분류되는 경우가 있다. 있어서는 안 될 사람이란 바로 작물속의 잡초처럼 뽑혀나가야 할 대상일 것이다. 나는 과거 공직생활을 하며 정권이 바뀔 때나 정치적 이슈가 있을 때면 으레 공무원에게 메스를 가하는 과정을 지켜보았다. 정권이 저지른 잘못을 분위기 쇄신의 전기로 삼아 다른 곳으로 눈을 돌리려는 속내가 아니던가. 명분은 부패하고 무능한 공무원을 내몰아 깨끗한 공직사회를 구현하겠다는 미더운 구호다.

하지만 그런 공약과는 달리 잡초는 그대로 남겨둔 채, 도리어 필요한 작물을 뽑아내는 역풍을 불러오는 경우가 허다했다. 학창시절, 나는 농촌 일손 돕기에 나섰다가 논에 들어가 피(잡초)를 뽑는다는 것이 벼 줄기를 한주먹 뽑아 들고 나와서 선생님에게 꾸중을 들은 적이 있다. 작물과 잡초가 뒤섞여 있어 이를 식별해 내기가 여간 어렵지 않았다. 이토록 식물을 식별해 내기도 어렵거늘, 한 인격체를 인간 잡초라며 찍어내기란 애초부터 무리한 발상이다. 더욱이 한국 사회의 조직체계는 어느 분야를 막론하고 학연이나 지연과 같은 인맥으로 얽혀 있다. 이런 풍토에서 과연 정의롭고 공정한 처리를 기대할 수 있겠는가.

공직사회에서 양심선언한 자가 조직 내에서 칭찬이나 격려를 받기는커녕 따돌림 당하는 것도 모자라 기밀누설 혐의로 파면 당하는 사례를 꽤 보아왔다. 얼마 전 여당의 중진이 스스로 정치자금법을 위반했다며 밝힌 양심고백을 정치부패를 뿌리 뽑겠다던 대통령마저도 아마추어리즘이라며 비웃고 있었으니, 그런 자가당착 속에서 무슨 잡초론인가.

잡초라고 하여 마구 뽑다가 풀독에 피해를 입어 여러 날 고생하는 경우를 봤다. 잡초도 자기방어를 위해 독을 내뿜는다니 잡초라고 가볍게 보았다간 혼이 날 수 있다.

잡초는 가꾸지 않아도 저절로 자라 우리를 귀찮고 힘들게 하는 풀로 인식되어 왔다. 그래서 한때는 식량의 대량생산을 위하여 제초제를 써서 한꺼번에 없애려는 영농방식을 선호했다. 그 결과 어떻게 되었는가. 독극물인 제초제는 결국 우리 논밭에서 생물의 다양성을 해치고 심각한 환경재앙을 불러오지 않았던가.

그럼 잡초라는 게 그토록 아무 짝에도 쓸모없는 작물인가. 아니다. 잡초는 작물의 새로운 품종개발이나 의약품, 향신료 등 다양한 분야에 기여하고 있다. 옛날에는 흉년이 들어 먹을 게 없을 때 백성들이 풀을 뜯어 허기를 채우기도 했다. 민초

(民草)라는 말이 혹시 거기에서 유래된 것이 아닌가 생각해 본다. 장자(莊子)에 나오는 무용지용(無用之用)이라는 말은 '쓸모없는 것이 도리어 크게 쓰여진다'라는 실용성을 잘 짚어주고 있다.

어제는 가까운 공원을 산책하다 잠시 벤치에 앉았더니, 젊은 여인이 아이와 함께 잔디밭에서 행운의 네잎 클로버를 찾고 있었다. 인간이 잡초와 어우러져 노닥거리는 모습에서 생명 있는 것들끼리 다정하게 교감을 나누는 것을 보며 마음이 푸근했다. 잔디밭에선 클로버를 잡초로 여기지만 어린 시절 토끼풀로 뜯던 향수의 클로버를 여태껏 잡초로 여겨본 적이 없다. 잡초와 작물은 따로 구분되어 있는 것이 아니다. 쑥을 보면 여름에는 잡초지만 초봄엔 귀한 봄나물이다. 작물도 솎아내지 않으면 잡초가 되는 법이다.

언제부터인가 우리 사회는 문제만 생기면 서로 상대방을 잡초라 몰아붙이고 있다. 제발 혼자만 잘나고 옳다고 우기지 않았으면 좋겠다. 건전한 사회의 기초는 바로 다름을 받아들이는 데 있다. 지도자는 서로의 의견이 다르더라도 국민 모두가 함께 어울릴 수 있도록 분위기를 이끌어가는 것이 정치의 바른 도(道)라고 믿는다.

문득 어느 작가가 어린 시절의 선생님을 그리며 쓴 수기(手記) 한토막이 가슴을 촉촉이 적셔온다.

–미술시간이 있었던 다음날 아침, 교실에 들어서는 아이들마다 눈이 휘둥그레졌다. 교실 뒷벽에 붙어 있는 그림들 때문이었다. 우리가 그린 60여 장의 그림들이 교실 뒷벽을 가득 덮고 있었다. 잘 그린 그림이든 못 그린 그림이든, 같이 가야한다고 선생님은 말하셨다. 잘난 사람이든 못난 사람이든 함께 손을 잡고 가야한다고….

빛바랜 문집 속에서

─추억장

첫 장에서부터 대뜸 '한석아, 십 년 후 우리 국회의사당에서 만나자!' 하는 글귀와 마주쳤다. 순간 가슴이 뭉클해진다. 잊혀졌던 꿈이 피어나듯 아련히 떠오른다. 그 희망의 환상 속에 머물고 싶은 것일까. 그러나 이미 지난 세월이 되어버린 것을…. 거칠 것 없던 젊은 날의 야망과 도전을 보는 것 같아 잠시 눈을 감고 회상에 잠긴다.

지금 손에 들고 있는 것은 고등학교 졸업을 앞두고 친구들에게 훗날 추억이 될 수 있는 글 한 마디를 남겨 달라며 나눠주었다가 돌려받은 문집이다. 그때 우리는 그 문집을 '추억장(追憶狀)'이라 불렀다.

내 추억장에는 매 한 마리가 긴 날개를 푸덕거리며 교문을 박차고 날아오르는 모습이 그려져 있다. 오십여 년의 세월을 거스르며 내 인생에서 중요한 시절의 면면을 회상해 보는 것은 단순한 호기심을 넘어 여간 흥분되는 것이 아니었다. 조용히 마음을 가라앉히며 한 장 한 장 읽어 내려갔다.

어떤 친구는, ‘네가 대중 앞에서 사자후(獅子吼)를 토하고 있을 즈음, 나는 산골에 파묻혀 아이들을 가르치는 접장이 되어 있을 것’ 이라며 호젓한 선비의 자세를 보여준다. 재학시절 그렇게도 책을 많이 읽더니 그때 이미 심오한 자연과 세상의 이치를 깨달았던 것일까.

긴 숨을 고르며 다음 장을 넘겨본다. 사회는 야박하여 사랑이 메말라 있는 곳이니 예수를 믿어 참다운 인간이 되라고 적혀 있다. 이 친구, 나를 위해 좋은 말을 써주어야 할 지면에다 대놓고 선교활동을 하고 있으니 좀 얌체이지 않은가. 그러나 그는 거룩한 뜻을 제대로 펼쳐보지도 못하고 일찍 하느님 곁으로 가버렸다. 불혹(不惑)의 나이도 넘기지 못하였으니 그의 죽음이 안타깝고 야속하기만 하다.

줄줄이 이어지는 글귀 가운데 많은 친구들로부터 ‘썩돌이를 몰아내자’라는 대목의 글을 써주어 눈길을 끈다. 나에게는 고교 시절의 추억으로 영원히 지워지지 않을 상처일 수도, 아니 어쩌면 영광(?)이 될 수도 있는 사건이다. ‘썩돌이’는 지리 선생의 별명이었다. 당시 학교는 졸업 준비에 분주한데 지리 선생은 어이없게도 하급생들에게 비싼 노트와 교복단추를 강매하고 있다는 소문이 돌았다. 확인해 보니 그게 사실로 드러났다. 실력도 없는데다 허풍만 치고 다녀 썩돌이란 별명까지 붙었는데 그것으로도 모자라 학생들을 상대로 장사를 하다니. 분개한 학생 간부들이 상의한 끝에 그냥 둘 수 없다는 데 뜻을 같이했다.

우리는 선생님들 몰래 전교생을 강당에 불러 모았다. 그것이 가능했던 것은 6·25이후의 어수선한 학교 상황을 잘 설명해 주고 있다. 짜인 순서에 따라 학생회장의 인사가 끝나자 나는 단상으로 올라가 전교생과 마주했다. 다소 격앙된 목소리로 지리 선생의 잘못을 낱낱이 알리고는, 이런 분은 선생님으로서 자격이 없으니 학교에서 몰아내야 한다며 목청을 높였다. 강당을 가득 메운 학생들은 뜨거운 열기와 환호로 지지해 주었다.

우리는 학교 측에 요구사항을 알린 후 곧장 수업을 거부하고 학생들을 운동장에 모아 시위에 들어갔다. 당시 말로 ‘스트라이크’를 일으킨 것이다. 교감 선생과 훈육주임이 번갈아 가며 회유했으나 우리의 결의는 요지부동이었다. 시간이 지날수록 시위가 과열되자 학교측의 압박도 점차 거세졌고, 중지하지 않으면 가담자를 모조리 퇴학시키겠다는 엄한 경고까지 내려졌다. 그런 위협도 먹혀들지 않자 학교측은 어쩔 수 없었던지 비장의 무기를 뽑아들었다. 교장실에 불려간 우리들에게 내려진 통고는 청천벽력(靑天霹靂)이었다. 나와 다른 두 친구에게는 무기정학을, 나머지 가담자에게는 각각 15일간의 유기정학과 경고 처분이 내려졌다. 우리의 단합된 힘이 드세었기에 분명 타협이 있을 것이라 짐작하였는데. 징계 통고를 받고 의기소침해 있는 우리를 향해 교장 선생님은, 내일 당장 부모님을 모시고 오라며 호통쳤다. 그렇게 하지 않으면 바로 '퇴학'이라는 엄포도 잊지 않았다. 상황이 완전히 뒤바뀐 것이다.

무기정학을 당하고도 항의 한마디 하지 못하였으니 학칙에 의한 처벌은 확실히 위엄을 발휘하였다. 상황이 이렇게 되니 '썩돌이를 몰아내자'며 그토록 교정을 달구었던 시위는 모래알처럼 힘없이 무너져버렸다. 뜻도 이루지 못한 채 처벌만 받고 말았으니 참으로 허망하였다. 마치 폭풍이 휩쓸고 지나간 잔해(殘害) 위에 서 있는 것처럼 자신의 모습이 초라하기 그지없었다.

졸업시험도 끝났고 곧 졸업식이 다가오는데, 졸업이나 할 수 있을지. 퇴학이냐, 유급이냐, 졸업이냐의 세 갈래 길에서 초조한 시간은 자꾸 흘러가고 있었다. 그토록 속을 태운 끝에 졸업일자가 임박해서야 허가가 떨어졌다는 전갈을 받았다. 성적표를 받아보니 과락을 겨우 면한 짜 맞춘 점수였다. 그러나 졸업하고 못하고를 떠나 내가 한 행동에 대하여 후회는 없었다. 비리에 얼룩진 교사는 교단에 설 수 없다는 나름대로의 정의감을 견지하였기 때문이다. 청년은 모름지기 정의를 위하여 몸 바쳐야 한다는 교육 이념이 어느 때보다 강조되던 시기였기에 우리들은 몸을 사릴 줄 모를 만큼 순진했다.

학창 시절에 지폈던 불씨가 아직도 사그라지지 않고 있는 것일까. 지금도 그릇된 일을 보면 세(勢)가 불리할 것을 알면서도 거론하지 않고서는 견디지 못한다. 그러기에 갈등을 빚기도 하고 때로는 남의 미움을 사기도 하며, 스스로 상처를 입는 경우마저 적지 않다.

앞장선다는 것은 외로운 일이다. 하지만 아무리 외로워도 누군가 앞장서야 할 때가 있다. 의미 있는 것을 이룩해야하는 것이라면 더욱 그러하다. 그래야만 세상이 보다 나은 방향으로 변화해 갈 수 있지 않겠는가.

　우연히 펼쳐본 오래된 문집 속에서 본 지난날의 내 모습은 거울에 비친 지금의 나를 보는 것처럼 낯설지가 않았다.

금년 운세

연초에 아침 신문을 펼쳐보니 2면에 걸쳐 사람들이 끝없이 줄을 서있는 사진이 시선을 끈다. 중국 사람들이 춘절을 앞두고 귀향 차표를 사려는 행렬일까. 그런 사람들치고는 차림새와 표정이 너무 여유로워 보인다. 안경을 끼고 곁들인 설명을 자세히 보니 미국에서의 일이다. 우리 돈으로 약 4천억 원의 누적 당첨금이 걸린 복권을 사기 위한 장사진이었다.

우리나라에서도 한때 '로또광풍'이 분 적이 있다. 로또가 도입됨으로써 기존 복권시장의 판도가 완전히 뒤바뀐 것은 엄청난 당첨금의 힘이었다. 1등이 나오지 않아 그 돈이 다음 차례의 상금에 합산되면서 무려 470억 원을 거머쥔 행운아가 탄생한 것이다. 이에 뒤질세라 너도 나도 인생역전의 꿈을 안고 로또를 마구 사들여 붐이 일었다.

부자든 가난한 사람이든, 문명인이든 아니든 재물이 있는 곳이라면 누구랄 것 없이 벌떼처럼 모여든다. 대체 돈이 무엇이기에 사람들은 눈만 뜨면 이렇듯 ‘전(錢)의 전쟁’을 벌이는 것일까. ‘유전무죄 무전유죄’라는 말도 있듯이, 우리네 삶은 쉼 없이 돈을 욕망하고, 돈에 상처받으며, 돈과 관계를 맺고 살아간다.

나는 여유롭지는 못하지만 경제적으로 큰 어려움 없이 그럭저럭 살아가고 있다. 그렇다고 돈에 초연하거나 무소유가 미덕이라고 생각한 적은 없다. 그런 거야 성직자나 수도자의 수칙일지는 몰라도 나 같은 사람이 지켜야 할 덕목이라고는 생각하지 않는다. 이왕이면 윤택한 삶을 누리며 더 잘살고 싶다. 궁핍한 삶이 과연 행복할 수 있겠는가.

그런데 실패를 경험한 사람들은 당부한다. 섣불리 주식투자에 뛰어들다간 손해 보기 일쑤이고, 도박에라도 손을 댔다간 반드시 패가망신한다고. 이런 것들은 한번 실패해도 다음에는 꼭 성공할 것 같은 예감이 들게 하는 묘미가 있어 쉽게 유혹에 빠진다는 것이다. 확률이 지극히 낮음에도 욕망을 버리지 못한다면 그건 어리석은 일이다. 하지만 우매한 것이 인간인지라 나도 종종 바보 같은 짓을 한다. 로또를 살 때도 마음속으론 '이까짓 여섯 자(字)를 못 맞혀!' 하며 쉽게 달려든다. 확률적으로는 벼락에 맞기보다도 어렵다지만 그건 어디까지나 숫자놀음일 뿐, 재운(財運)만 있으면 누구든 당첨의 주인공이 될 수 있다. 언젠가는 나에게도 그런 행운이 있을 것이라 믿고 싶다. 아니, 믿고 있다.

장애인 아들을 두고 있는 L씨는 2년 전부터 매주 로또 오천 원어치씩을 샀다고 한다. 생활비가 떨어져 가끔 밥을 굶으면서도 로또 구입을 거른 적이 없었다나. 무슨 사정이었는지는 몰라도 로또 한 장을 사기 위해 아내와 두 시간을 걸어간 적도 있었다. 그래도, 손바닥만 한 종이 한 장에 매번 희망을 걸게 된다고 했다. 3억 원에 당첨이 되면 1억 원으로 맨 먼저 아이 수술을 해주고, 월세에서 벗어나 전세집이라도 마련하고 싶다고. 그런 다음에 조그만 분식점을 운영해서 차근차근 돈을 모으는 상상을 하면 잠시라도 행복감에 젖는다는 것이다.

사람은 누구나 목숨을 걸고 싶은 일이 한 가지씩 있게 마련이다. 그것이 돈이든, 사랑이든, 명예든, 양심이든…. L씨야말로 복권이 아니면 어디에서 3억이라는 돈을 마련할 수 있겠

는가. 평생을 땀 흘려 일한다 해도 그 꿈을 이루기는 거의 불가
능하다. 달리 어찌할 방도가 없으니 로또에다 실낱같은 희망
을 걸 수밖에 없었으리라. 그는 목숨이 살아있는 한 계속 로또
에 매달릴지도 모른다. 염원(念願)이 깊으면 소원을 이룬다 하
였던가. 성실하게 살다보면 좋은 날도 있을 것이라 믿고 싶다.

그런데, 혹자는 복권 사는 것을 두고 건전하지 못한 짓이라
고 비난한다. 노력해서 돈 벌 생각을 하지 않고 요행이나 바라
는 비겁한 행위라고. 하지만 정신이 올바르고 건전한 사람도
얼마든지 사행성에 손댈 수 있다. 한 중소업자는 강원랜드 카
지노에서 잭팟이 터져 왕창 쏟아져 나온 7억여 원의 돈을 고스
란히 카이스트에 쾌척하였다. 빚이 7억이나 있는데도 말이다.

반면 청문회에서는 정치인이나 고위공직자가 부동산 투기
를 하여, 몇 년 새 10여 억 원의 돈을 벌었는데도 등용(登用)의
관문을 그대로 통과한다. 그렇게 해서 벌은 돈은 과연 떳떳한
가. 교묘히 법망(法網)을 피하느라 골몰히 연구한 대가인지는
모르지만, 서민들이 단돈 몇 천 원을 걸고 하는 재미를 굳이
'불로소득' 운운하는 것은 어불성설이다.

로또나 복권은 카지노나 경마와는 달리 현장에서 마음 졸이
며 승부에 몰입하는 게임이 아니다. 요즘은 사행성도 완화되

어 크게 손해를 보는 사람도 드물다고 한다. 어떤 가게주인은 자기 집에서 로또 사는 사람들은 신혼부부, 회사원. 삶에 찌든 사람, 당장 돈이 필요한 사람 등 다양하지만 거의가 평범한 서민들이라 했다. 그저 보통사람들이 '혹시나' 하고 취미삼아 가볍게 하는 오락으로 자리 잡고 있다.

어찌 보면 절박한 사람들에게는 삶의 숨통을 터주고 때론 극단적인 행동을 방지하는 효과도 있어 보인다. 복권의 장점은 낙첨되더라도 자투리 돈을 모아 공익에 쓰이고 있으니 크게 아까울 것 없고, 당첨되면 자신에게 유익할 뿐 아니라 남에게도 선행을 베풀 수 있으니 호기를 한번 부릴 만하지 않는가.

정초에 토정비결을 보았다. 재복(財福)이 잔뜩 들어 있어 그야말로 운수대통이란다. 그 말에 기대를 걸어서인지 요즘은 로또를 사서 숫자를 대조할 때마다 꽤 가슴이 떨린다. 이번 차례에서 운세와 꼭 맞아떨어질 것만 같아서다. 그러다 용케 일등에라도 당첨되면 그때 당황하지 않도록 그 돈을 어디에 쓸 것인지 미리 생각해 놔야겠다.

연말 풍속도

모두들 한 해를 보내느라 분주한 때, 한 통의 이메일이 왔다.
주소를 보니 둘째딸로부터 온 글이다.

또 한 해가 가고 있네요.

금년이 몇 번째이던가요? 우리의 연말파티-.

이번에도 설레는 마음으로 준비하려 합니다.

항상 테마가 있었죠.

올해의 테마는 다소 난해하지만 '가발 혹은 모자입니다.

의상의 칼라는 자유이되 연말 모임의 성격에 맞으면 됩니다.

그 의상에 어울리는 가발이나 모자를 멋지게 연출하는 것이 포인트.

새롭다거나 놀랍다는 변화를 주어야겠죠.

나중에 보더라도 절로 미소가 지어지는 기념사진을 남길 수 있도록 멋진 감각을 기대하겠습니다.

벌써부터 궁금해지네요.

그리고 각자 준비해 오실 선물이 있습니다.

예년과 달리 추첨 없이 각자의 선택에 맡깁니다.

선정의 기준은 다양합니다.

-나에게 가장 고마웠던 사람.

금년 한 해를 가장 열심히 산 사람.

새해를 격려해주고 싶은 사람.

우리 가족의 화합에 가장 중심 역할을 한 사람-

아이들 세 명도 멤버에 포함시킵니다.(윤태, 승재, 해원)

선물을 두세 개씩 받는 분도 계실 테고

당연히 하나도 못 받는 분도 계시겠죠.

그렇다고 삐치지는(?) 않을 만큼 우리 모두 성숙한 사람들이니까요.

선물의 가격도 제한하지 않겠습니다.

단, 그 사람을 선택한 이유에 대해 간단하지만 진지한 코멘트를 준비해오시기 바랍니다.

메일이 한꺼번에 가족들에게 전해지면서 다양한 반응을 보였다.

항상 새로움과 감동을 좋아하는 첫째 딸은 흥분을 감추지 못하였다. 며느리는 직장에서 이 글을 읽으며 웃음을 터뜨리자 주위의 동료들이 모여들어 조용한 직장 분위기가 갑자기 떠들썩해졌다고 한다. 그리곤 당장 이벤트 회사에 전화를 걸어 가발을 빌리고자 상담을 했다던가.

반면, 평소 이런 행사에 별 관심이 없는 셋째 딸은 원하는 사람들만 연출하면 되지 않느냐며 불편한 심기를 털어놓았다. 아내도 마찬가지다. 이 나이에 평생 써보지 않던 가발이나 모자를 쓰는 것은 아무래도 내키지 않는다는 것이다. 그럼에도 시간이 흐름에 따라 너나없이 준비에 몰두하였고, 그 세세한 내용은 비밀에 부쳐져 서로를 더욱 궁금하게 하였다.

12월 21일 저녁 일곱 시, 둘째딸 집에서 모임이 시작되었다. 나는 오랫동안 장롱 속에서 잠자고 있던 롱코트를 꺼내어 몸에 걸쳤다. 중절모자에다 짙은 선글라스를 끼고 보니, 옛날 드라마 '야인시대'에 나오는 주인공의 모습과 흡사했다. 모임 장소에 들어서니 모두 모여 있다가 나를 맞는 현관에서부터

폭소가 쏟아졌다. 나 또한 가족들 하나하나의 모습에 감탄하며 우리의 행사는 이렇게 시작되고 있었다.

외손자 한 녀석은 타조 털로 만든 가발을 쓰고 있어 마치 도깨비 같았고, 또 한 녀석은 완벽하게 산타클로스의 복장으로 성탄의 분위기를 물씬 풍겨주고 있었다. 둘째딸은 60~70년대의 히피풍의 복장에다 긴 곱슬머리 가발에 두건까지 두르고 있어서 이 애비조차도 누구인지, 몇째 딸인지 분간할 수 없을 만큼 독특한 분위기를 연출하고 있었다.

우리는 서로의 변신을 재미있어 하며, 벽면의 장식을 배경으로 가발과 모자를 번갈아 바꾸어가며 사진에 담느라 배고픈 줄도 몰랐다. 아들은 우연히 나와 같은 컨셉의 복장을 해서 함께 스포트라이트를 받았다.

며느리는 행사를 마치고 내게 보낸 메일에서 '다들 잘 준비해 오셨지만 특히 아버님과 애아빠의 야인시대(?) 세트는 정말 너무 좋아 보였습니다. 의상 컨셉이 맞아서도 그렇지만 다른 이도 아니고 부자지간이기에 남달라 보였고, 그날따라 더 닮아 보이기까지 하였습니다. 도훈(나의 손자)이도 그런 모자를 하나 사서 씌우고 의상에 맞출 걸 하는 생각이 간절했습니다.'라고 했다.

사진촬영을 끝내자 흥분을 가라앉히고 다들 모여앉아 식사가 시작되었다. 식탁에는 아기자기한 테이블 데커레이션이 분위기를 높여 주었고, 곳곳에 놓인 촛불로 전등을 대신한 실내에서 이야기꽃을 피우며 시간 가는 줄 몰랐다.

선물 증정을 앞두고는 설렘과 약간의 불안감이 교차되고 있었다. 과연 누가 내게 선물할 것인가. 적어도 저 사람은 나에게 하지 않을까 하는 기대를 갖다가도, 혹시 아무도 없으면 어떡하나 좌불안석이 된다. 그동안 이리저리 전화해 한 표 부탁한다며 장난기 섞인 사전 선거운동을 벌이기도 했다.

받는 것 못지않게 선물 대상자를 고르는 것 또한 고민거리다. 저 사람에게 하자니 다른 사람이 서운해 할 것 같고, 누구에겐 왠지 아무도 안 할 것 같아 내가 챙겨줘야 할 것 아닌가 하는 등, 누구 하나 마음속에 떠오르지 않는 이가 없으니…. 선물 증정은 뒷얘기가 무성한 가운데 모두를 긴장시키며 막이 올랐다.

먼저 호명된 사람은 셋째 딸이었다. 며느리가 양털 시트커버를 선물함으로써 셋째 딸은 혹시나 하고 마음 졸였던 탈락의 공포(?)에서 일찌감치 벗어나 밝은 얼굴이 되었다. 평소 둘 사

이가 좋은 편이어서 어느 정도 짐작이 빗나가지 않았던 셈이
다. 한두 사람의 차례가 지나고 큰딸의 호명 차례가 되었다.
항상 주목을 받는 첫째인지라 모두 숨죽이며 지켜보고 있는데,
그는 써 온 글을 차분히 읽어갔다.

“나에게 소중한 사람을 생각하며 선물을 준비하는 새로운
경험, 모두 가족이기에 정말 힘들었습니다. 하지만 당신 자신
보다는 언제나 가족이 먼저이며 오로지 희생으로 살아오신 분,
내 모든 사랑과 감사의 마음을 모아 어머니께 드립니다.” 하고
약간 목 메인 소리로 끝을 맺었다. 그리고는 어머니 곁으로
다가가 선물을 전했다. 서로 어깨를 끌어안으며 모녀간의 애
정을 새삼 확인하고 있었다. 지켜보던 가족들은 뜨겁게 박수
를 보냈다.

나는 외손녀로부터 선물을 받았다. “절 무척이나 아껴주십
니다. 저는 이분을 존경하고 사랑해 이 선물을 바칩니다.” 외
손녀는 막내둥이에 초등학생이다. 평소 이모들이 끔찍이 귀여
워하고 있는지라 그중에서 뽑을 것이라 생각하였는데 뜻밖이
었다. 어른들은 앞뒤를 살펴 신중히 결정하지만 아이들이란
있는 그대로의 마음을 표출하는 것 아닌가. 더욱이 ‘존경’이라
는 단어는 이미 우리 사회에서 잊혀지고 있는데, 이토록 귀한

호칭까지 받았으니 얼마나 값진 선물인가.

이제는 내가 호명해야 할 차례다. 머뭇거림 없이 아들의 이름을 불렀다. 아주 큰 목소리로. 모두들 의외라는 듯 눈이 휘둥그레진다. 아버지는 의례히 딸이나 며느리를 선택할 것으로 짐작했던 모양이다. 그렇게 생각할 수밖에 없었던 것은 나는 오늘날까지 아들딸을 구별하지 않고 키워왔기 때문이다. 아들은 그저 네 번째 자식에 불과했을 뿐, 외아들이라 하여 조금도 우대해준 적이 없다. 딸들에게는 관대하고 아들에게는 지나치게 엄격하여 주위에서 역차별이라는 말까지 듣고 있었다. 남아선호사상이 팽배해 있을 시기였는데도 말이다.

그러나 아들은 여태껏 한 번도 불평을 말한 적이 없다. 어찌 서운함이 없었겠는가. 그런 장남의 듬직한 품성과 부모 섬기는 마음이 우리 집안의 화목을 떠받쳐주고 있는 것인지 모른다. 나는 선물을 주면서 그를 힘껏 끌어안았다. 온몸이 찌릿했다. 어렸을 적에 귀여워서 보듬고 안아주던 기억 말고는 처음 있는 부정(父情)의 표시였으니, 혹여 아버지에 대한 서운함이나 원망이 있었다면 그것으로 조금이나마 풀어졌을까. 그는 애비의 체온을 가슴으로 느꼈을까. 순간, 시간이 멎은 듯 침묵이 흘렀다. 모두들 어떤 눈빛으로 이 광경을 바라보고 있었을까. 하나뿐인 아들을 냉대한다며 평생 나에게 불만을 쏟아 붓던 아내도 막혔던 가슴을 조금은 쓸어내릴 수 있었을까.

선물 교환은 시간이 흐를수록 분위기가 고조되어 갔다. 의외의 사람이 자신에게 선물했을 때의 기쁨도 커서 고맙다며 진심어린 인사를 나누기도 한다. 선물은 한두 사람에 크게 쏠림이 없었다. 모두들 균형을 잃지 않도록 잘 재단하였고, 특히 우리 내외는 마음을 놓을 수 없어 두 사람 분의 선물을 더 마련한 것이 도움이 되었다. 손자손녀들도 선물을 주고받으며 차별 없이 투표권까지 행사한 것에 대해 매우 만족해했다.

마지막 행사인 '의상 연출상' 시상자는 무기명 비밀투표로 결정했다. 두 사람으로 압축된 가운데, 변신의 폭이 가장 컸던 둘째 딸이 뽑혔다. 그는 푸짐한 상을 받아 들고 기뻐했다. 그 기쁨 속에는 성공적인 행사를 기획하고 준비한 보람과 감격도 함께 하였으리라. 나는 차점이었다. 이 나이에 테마가 있는 행사에 적극 참여하여 성의를 보여준 것이 득표의 요인이 되었을 것이다. 지루한 줄 모르고 자정이 넘도록 한 사람도 자리를 뜰 생각을 하지 않았다.

그저 배불리 먹고 잡다한 이야기 이외에는 아무 추억거리가 없었던 우리의 놀이문화. 우리의 연말 파티에서 '나에게 가장 소중한 사람'이라는 테마는 가족들 하나하나를 새로이 새겨보는 계기가 되었다. 이 사람 저 사람을 배려하다보니 인선(人選)이 너무나 힘들었다는 고충을 털어놓으며, '정말 내가 우리 가족을 지극히 사랑하고 있구나!' 하고 느꼈다는 셋째의 말에 우리 모두 공감을 표시하고 있었다.

새해는 더욱 찬란한 해가 될 것이다.

아주 특별한 공간

TV를 보다가 광고가 나오면 채널을 재빨리 돌리곤 했다. 그런데 요즘은 광고를 보는 것이 연속극보다 더 재미있고 매력적일 때가 있다. 어떤 화장실 용기(容器) 선전에서 부드러운 언어로 속삭이듯 흘러나오는 대사가 내 마음을 사로잡는다.

— 사람들이 눈을 뜨면 가장 먼저 가는 곳, 새로운 아이디어를 얻는 곳, 울고 싶을 때 달려가는 곳, 하지만 사람들이 그 가치를 모르는 곳, 화장실은 가장 아름다운 방이어야 합니다.—

화장실이 가장 아름다운 방이라니, 상상일까 현실일까.

사오십 년 전만 해도 우리나라의 화장실은 불결의 대명사였다. 농촌의 뒷간은 마구간이나 헛간처럼 초라하기 그지없었다.

인분을 비료로 사용하던 시절이기에 농촌에서야 돈만큼이나 중요한 재산이었을 것이다. 그러다보니 뒷간은 용변을 처리하는 곳이라기보다 분뇨를 수집하고 저장하는 장소로서의 역할이 더 컸다. 그래서 당시의 화장실은 근심을 풀어주는 해우소(解憂所)가 아니라 우울한 장소였으리라.

그래서 집 가까이 두기를 꺼렸던 뒷간을 더럽다는 혐오감을 감추려 정랑(淨廊)이라는 꽤 고상한 이름을 붙였다. 이를 두고 다분히 기만적인 수사(修辭)라며 못마땅해 하는 사람들이 있지만, 부정(不淨)한 곳일수록 더 청결해야 한다는 것을 사람들에게 깨우쳐 주려고 한 것은 아닌지. 하찮은 것에도 선조들의 지혜가 묻어난다.

이제 우리나라가 오랫동안의 가난을 딛고 이룩한 경제성장은 도시화를 촉구했고 도시에 들어선 아파트 화장실에도 엄청난 변화를 가져왔다. 물을 내려 보내 오물을 깔끔하게 씻어내는 수세식 화장실이 마침내 집안 깊숙이 입성한 것이다. 이로 인하여 악취는 집안에서 자취를 감추었고, 오랫동안 고락을 같이했던 '뒷간'은 우리의 기억에서 사라지고 있다.

소득이 늘어나면서 문화에 대한 욕구도 높아졌다. 집을 짓거나 수리할 때에는 부엌과 화장실을 제일 잘 꾸며야 한다는 말이 유행처럼 번졌고, 시간의 흐름에 따라 많은 사람들은 ‘아름다운 화장실 가꾸기’에 열을 올렸다. 나도 뒤늦게 집을 손질하면서 욕조를 들어내어 공간을 넓히고 약간의 치장을 하였다. 크게 손을 본 것도 아닌데 과분하리만큼 우아하고 고상한 화장실이 새롭게 태어났다. 그러고 보니 우리 집에서는 안방이나 거실보다, 서재나 부엌보다 화장실이 더 아름다운 방이 되었다는 느낌이다. 젊은 시절 열악했던 화장실을 떠올리면 천지개벽이라도 된 듯하다.

이제는 화장실의 용도가 다양해져서 일상생활에 큰 변화를 가져왔다. 책이나 볼거리를 읽는 훌륭한 글방이 되기도 하고, 명상이나 사색에 잠기는 고요한 산방(山房)으로도 쓰인다. 어쩌다 커피 잔이라도 들고 앉을 때면 차분히 마음을 침정(沈靜)해 보는 1인용 다실로 변한다. 옛날에 뒷간을 매화간이라고도 했는데, 선비들이 호젓한 뒷간에 앉아 그리워한 매화 향기를 떠올리며 커피 향과 어떻게 어울려야 할지 고민도 해 본다. 헨리 데이비드 소로우의 집 화장실을 본 어느 작가는 “이 화장실에서는 밥을 먹어도 되겠는 걸” 하고 감상했다고 한다. 점차 이런 화장실이 늘어날 것이다.

TV광고에서처럼, 아침에 일어나면 먼저 신문을 집어 들고 곧장 화장실로 향한다. 아침 신문은 거실이나 안방보다 화장실에서 한가로이 읽는 것이 제격이다. 신문을 오래 들고 있다가 아내에게 빼앗기지 않을 곳으로 이곳만한 장소가 없다. 시계 바늘이 멈추기라도 한 듯 정신없이 앉아 있다가 아내가 큰 소리로 부르는 통에 깜짝 놀랄 때도 있다. 하도 기척이 없다 보니 무슨 변고라도 생긴 건 아닌지 확인하는 모양이다.

어떤 때는 글을 쓰다가 막혔던 것이 화장실 안에서 풀리는 수가 있다. 적확한 단어가 생각나지 않아 오랫동안 고심하던 것이 거짓말처럼 쉽게 떠오르기도 하고, 중대한 결정을 내리지 못해 답답할 때 해답을 얻는 경우도 있다. 참으로 신기하다. 머리가 상큼해지고 지혜와 영감을 얻을 수 있는 것은 좁은 공간인데다 바깥세상과 단절되어 있어 정신력이 집중된 현상에서 오는 이유일 터이다.

하루 종일 거실에 앉아 있을 때면 이리저리 TV 채널이나 돌리며 시간을 보내기 일쑤다. 또한 컴퓨터 앞에 앉았다가 무심코 게임의 유혹에 끌려 오랜 시간 정신을 빼앗겨버리는 일도 있다. 그러나 화장실은 텅 빈 머릿속에 뭔가를 채워주니 이보다 더 생산적인 공간이 또 있겠는가.

모두들 들어왔다가는 서둘러 빠져나가는 화장실. 하지만 나

는 한 번 들어오면 쉽게 나갈 생각을 않고 앉아 있으니 화장실
과 나와의 인연은 꽤 각별한 관계인 듯싶다.

　비록 누옥(陋屋)이지만 이곳에 나만의 아주 특별한 문화공간
이 있다는 사실이 얼마나 행복한지 모른다.

讀書志彌高

사무용 큰 봉투가 우편으로 배달되었다. 두터운 붓글씨로 쓰여 있는 내 이름 석 자. 왠지 느낌이 이상하여 한참을 들여다 보았다. 그리고는 뒷면을 보니 발송인이 두어 달 전 세상을 뜬 친구의 이름이 아닌가. 그의 얼굴이 떠올라 반가우면서도 사자(死者)가 보낸 물건이라 뭔가 께름칙했다.

조심스럽게 봉투를 열어보니 나의 등단(登壇)을 축하하는 액자용 붓글씨가 담겨 있었다. 등단한 지도 몇 년 되었으니 오래 전에 써놓은 것이 분명한데, 대체 언제 부친 것일까. 그 친구, 한량이었으니 생전처럼 팔도강산을 누비며 다니다 목을 축이려 내 집을 찾은 것일까.

영문을 몰라 친구의 부인에게 전화를 걸었다. 친구는 삼십 년 가까이 서예공부를 해왔는데 그 학원에서 사물함을 정리하다 주소가 적힌 밀봉된 봉투를 발견했다는 것이다. 이걸 어찌해야 할지 망설이다 봉투 안에 무엇이 들어있는지 살피지 않은 채 그냥 부쳐버렸다는 것이다.

그는 평소 술과 친구를 좋아했다. 그러다보니 자주 술자리에 어울렸고, 돈도 잘 쓰는데다 성격도 호탕하여 여자들이 줄줄이 따랐다. 그래서 세칭 장안의 한량(閑良)이라 했다. 친구는 원래 서울 한복판에 선친으로부터 물려받은 고래 등 같은 집을 지니고 있었으나 밤낮 친구 뒤치다꺼리 하느라 가산을 돌보지 않아 살던 집을 팔고 말았다.

이 지경에 이르고 보니 부인도 더는 남편의 일을 방관하고 있을 수 없었다. 부인은 이해가 깊은 분이라, 남편이 술 마시는 그 자체는 마다하지 않으나 다만 절제가 있어야 한다는 것이었다. 당장 집을 내놓고 이사를 가야하는 처지에 어디로 가야할지 막연했으나 어떻게든 남편이 착실한 친구들과 어울릴 수 있는 장소를 물색하고 있었다.

젊은 시절에는 나도 그 친구 못지않게 술을 좋아했다. 두주불사(斗酒不辭)라 할 정도였으니. 그러나 어른 밑에서 배운 술이라 과음을 한다거나 몸을 못 가리는 그런 짓은 하지 않았다. 술자리에 오래 눌러앉아 있거나 이삼차로 이어지는 일도 좀처럼 없었으니 술꾼들의 눈에는 매력 없는 사내로 비춰졌을 것이다. 하지만 술 기분만은 누구에게도 못지않았다.

그런데 그 친구가 뜻밖에 내 이웃으로 이사를 왔다. 신판 맹모삼천지교(孟母三遷之敎)랄까. 어디서 들은 소문인지 부인은 나를 아주 모범적인 친구로 알고 있었던 모양이다. 참 잘못 짚었다는 생각에 나는 황당했다.

환경의 변화는 진정 사람의 행태를 바뀌게 하는 걸까. 아무튼 그 친구는 내 이웃으로 이사 온 후로 술을 삼가고 일찍 귀가하는 버릇이 생겼다. 집에 들어올 땐 술 취한 모습 대신 웃는 얼굴로 아이들에게 과자를 내밀기도 했다. 그런 모습을 보며 부인은 참 좋아했고 모처럼 웃음이 난다고 했다. 귀가하여 술을 마시고 싶을 땐 나를 찾았고, 우리 집 사람이 하는 약국에도 자주 들러 약사 보조원 노릇을 하기도 했다. 손님들에게 수다도 떨고 집사람과도 친구처럼 지냈다. 내가 그 친구에게 무슨 도움이 되었을까만, 이웃하고 있는 동안 두 부부는 매우 행복한 시간을 보냈다.

그렇게 호인이요 사교적인 친구였건만 남에게 베풀었던 것에 비해 아무것도 돌려받지 못했다. 돈 쓰고 다닐 때는 그림자처럼 붙어 다니며 희희낙락거리던 사람들도 돈 떨어지니 모두 그 곁을 떠났다. 그래도 그들을 원망하는 소리를 들어보지 못했다. 못마땅해도 자기한테 화 내지 남에게는 그러질 못하는 성미였다. 돈에 별 욕심 없던 그는 있으면 쓰고, 없으면 없는 대로 그저 분수를 좇아 살았을 뿐이다. 그토록 탐욕이 없다보니 세속적인 출세와는 거리가 멀었다. 남들이야 그를 어떻게 평가하든 그 친구야말로 자기 나름의 인생을 마음껏 누리며 살다 간 사람이었음을 확신한다.

가끔 그를 만나면 입버릇처럼 "자네가 더 유명해지기 전에 글 한 점 받아 두어야겠다"고 하면 "내가 무슨…" 하면서 말끝을 흐리곤 했다. 겸손함이었다. 그렇게 조를 때는 인색했던 그가 왜 지금에서야 글을 보내온 것일까. 단순히 등단을 축하하는 인사치레만은 아닐 것이다. 마지막으로 내게 하고 싶었던 이야기가 있었던 걸까.

그가 써 보낸 글은 '讀書志彌高'(독서지미고)였다.

-책을 읽으면 지향하고자 하는 뜻을 더욱 높일 수 있다-

등단에 머물지 말고, 더욱 정진하여 높은 경지에 이르라는 충고가 아닌가. 평소에도 더러 듣던 취지의 교훈이긴 하나 영

혼으로부터의 당부이기에 나에겐 큰 울림으로 다가온다. 내가
당면하고 있는 절실한 과제를 짚어준 친구.
　"고맙다 친구야."

무엇이 인연을 이어주는 것일까

  찜통더위가 기승을 부리는 요즘, 나는 동네에 있는 도서관으로 자주 피서를 간다. 숲속의 나무 그늘 아래에서 매미 울음소리를 들으며 돌 위에 앉아 가볍게 읽을 수 있는 책을 꺼내 든다. 그러곤 공원을 한 바퀴 돌아 도서관에 들른다. 열람실에는 진정 책을 좋아하는 사람들만 모여 있어 보기에도 아름답고 향기롭다. 나는 이곳에서 책 읽기보다 어쩌면 명상하는 데 더 시간을 보내고 있는지 모른다. 지금도 눈을 감고 뭔가를 생각한다.

  그때, 스튜디오는 생각보다 거창하지도 화려하지도 않았다. 들이대는 조명이 오뉴월의 햇살보다 뜨겁게 느껴졌고, 그 불빛은 나 자신을 속속들이 들여다보는 것 같아 당황스러웠다.

그래서 사람들은 카메라 앞에서면 작아지는가 보다. 생방송이라 더욱 긴장했는지 모른다.

"오늘 도서관 개관 테이프를 끊은 소감이 어떻습니까?"

아나운서의 첫마디다.

"네, 감개무량합니다. 시민들은 책을 읽고 싶어도 마땅한 장소가 없었는데, 이제 아늑한 보금자리를 마련하였으니 무척 보람을 느낍니다."

"… 평소 책을 가까이 하는 분이시니, 도서관 운영에도 남다른 식견을 가졌으리라 생각하는데요."

진행자는 으레 사람을 한번 띄워주는 모양이다. 긴장을 풀어주려는 제스처인지 모른다.

"아무래도 제가 먼저 책을 열심히 읽어야겠지요. 앞으로 학생, 주부들을 대상으로 계몽도 하고 직원들을 통해서도 독서의 붐을 일으켜 나갈 계획입니다."

오전에 개관 행사를 치르고 저녁에 부산 텔레비전방송국에서 기념좌담회가 열린 자리였다.

시청자와의 약속이었기에 나는 도서관 활성화에 더욱 힘을 쏟았고, 그 결과 독서열은 빠르게 확산되어 갔다. 시민들의 협조로 도서 기증이 줄을 이었고, 열람실에는 연일 사람들의 발

길이 끊이지 않았다. 책을 읽는 인구가 늘어나는 것을 보며 우리 진해(鎭海)시가 선진도시로 발돋움하는 것 같아 마음이 뿌듯했다.

이런 보람을 뒤로하고 나는 다른 시(市)로 자리를 옮겨갔다. 그곳에서 우연히 지적부에서 빠져 있는 공지(空地)를 발견했다. 중심가에 있는 노른자위 땅이었으니 횡재를 한 셈이다. 간부들은 이를 매각하여 시의 수입으로 잡아야 한다는 의견이었으나 나는 그 자리에 도서관을 세우자고 고집했다. 거저 얻은 땅이기에 가장 가치 있는 일에 쓰고 싶었다. 이 취지를 서둘러 발표하고 현장에는 '도서관 건립 예정지'라는 팻말을 큼직하게 세웠다. 미리 말뚝을 박아 놓으면 다음에 누가 어쩔 것이냐는 배짱이었다.

그러나 뒤이어 온 후임자는 재정의 어려움을 몇 차례 호소하더니 급기야 부지를 매각해야겠다고 알려왔다. 70~80년대 지방자치단체의 사정으로는, 한 푼의 재원(財源)이라도 생기면 다리를 놓거나 하수도 하나라도 더 파서 열악한 주민 생활의 편익에 힘을 쏟아야만 했다. 그러므로 당장 먹고사는 일과는 거리가 먼 도서관 건립은 사치스럽게 비춰질 수도 있었다.

하지만 나는 생각이 달랐다. 우리에게 책이란 무엇인가. 생각하는 힘과 세상을 보는 눈이 책에서 얻어지는 것이 아니던 가. 비록 독서의 힘은 눈에 보이는 것이 아니고 그 효과도 더디 나타나지만 우리의 미래를 살찌게 해주는 지름길임에 틀림이 없다. 도서관을 세운다는 것은 바로 우리 자신을 일깨워 주는 데 가장 확실하고 값진 투자가 아닌가. 그 뒤 금쪽같은 땅이 매각되었다는 소식을 들었을 땐 맥이 풀려 그냥 주저앉고 말았 다. 내 뜻이 고스란히 물거품이 되다니….

중·고등학교 시절, 한참 소설에 빠져들었을 땐 책을 들면 저절로 머릿속이 맑아져서 뜬눈으로 밤을 새우곤 했다. 인생 엔 책만큼 훌륭한 길잡이가 없다며 한두 권씩 사 모은 책이 책꽂이에 늘어나는 것을 바라보며 정신적인 허기를 메울 수 있었다.

학창 시절에 축적된 잠재의식이 도서관 건립에 대한 집착을 키웠던 것일까. 인간의 행위는 어느 날 갑자기 나타나지는 것 이 아니다. 그 뿌리는 의식이 기억해 내지 못하는 옛 기억에까 지 닿아 있는 것이 아니던가.

현직에서 물러나 있는 요즈음엔 그런 일들일랑 까맣게 잊고 지낸다. 그러다가 무심코 펼쳐본 신문에서 금년 3월, 지자체 (地自體)가 도서관 건립에 팔을 걷어붙였다는 기사가 눈에 띄었다. '작은 도서관 만드는 사람들' 모임과 지자체가 손을 잡고 마을 도서관 갖기 운동을 확산시키고 있다는 것이다. 학교의 빈 교실에도 폐쇄된 학교에도 도서관이 착착 들어서고 있다니, 오랜 목마름에 단비를 만난 듯 반가웠다. 순간 '아… 도서관이 살아나는구나!'하고 마치 내가 그 당시로 되돌아가기라도 한 듯 흥분되었다.

그러고 보니, 내가 자주 찾는 '이진아 기념 도서관'은 교통사고로 숨진 이진아 양이 평소 책 읽기를 무척 좋아했던 덕에 딸의 뜻을 기려 이곳에 도서관을 건립, 서대문구청에 기증한 것이다. 참으로 훌륭한 아버지다.

과거 나는 의욕만 앞세웠을 뿐, 도서관 건립에 제대로 기여하지 못했다. 하지만 지자체와 뜻있는 분들의 노력으로 도서관이 곳곳에 마련되어 있어 지금은 도리어 내가 도서관 혜택을 톡톡히 누리고 있다.

뜻을 이루지 못했던 옛 고장에도 현재 큰 규모의 도서관이 들어섰다고 한다. 세상살이란, 내가 하고자한 일을 이루지 못했어도 그것이 뜻있는 일이라면 고스란히 묻히거나 단절되는 것이 아니다. 누구의 손길에 의해서든 이렇게 인연을 이어주고 있으니 그 오묘한 조화를 헤아릴 길이 없다.

물러나야 할 때

　20년 몸담아 오던 모임에서 물러나고 보니 뭔가 소중한 것을 놓친 것처럼 허전하다. 스스로 한 결정이기에 마음이 홀가분할 줄 알았는데 왜 자꾸 뒤를 돌아보게 되는 걸까.

　이 모임은 주로 기업을 운영하거나 사업을 하는 회원들로 이루어진 봉사단체다. 전문직을 가진 사람도 약간 있었다. 사업한다는 것이 통 크고 자유로운 활동이어서인지 오랜 공직에서 달구어진 나의 눈에는 조직이 너무 느슨하게 운영되고 있는 듯 보였다. 회의 진행에서도 유력인사가 발언하면, 그저 박수치고 넘어가는 것이 관례화되어 중요한 안건이 소홀히 다루어지고 있었다. 나는 모임이 건전하기 위해선 회원 각자가 자기 목소리를 내야 한다는 얘기를 자주했고, 그런 분위기를 이끌려고 애썼다.

그것이 주효했던 탓일까. 회의의 분위기는 점차 활기를 더했다. 이를 두고 회원들 사이에는 힘들어진 회의 진행에 불편함을 느끼는 분들이 있는가 하면, 다양한 의견의 조율과정이 재미있다며 토론문화에 대한 흥미와 정착에 흡족해하는 사람들도 많았다.

잘나가는 속에도 걸림돌은 있기 마련인가. 한 회원은 나를 다른 사람에게 소개하면서 우리 모임에서 아주 중요한 분이라고 추켜세우고는 난데없이 "그래도 인기는 별로"라며 되레 바닥으로 끌어내린다. 나는 묘한 감정에 멈칫했다. 짓궂은 사람이기는 하나 그냥 장난으로 내뱉은 말은 아닌 듯했다. 내가 잘난 척 행동하는 것으로 비치었을까. 그저 자기주장만 펼 줄 알았지 인간적인 배려가 부족하다는 뜻이었을까. 소신과 현실 사이의 갈등은 줄곧 나를 괴롭혀 왔고, 그동안 숱한 노력으로 나름대로 순화해 왔는데 아직도 소양이 부족했던 모양이다.

봉사하는 방법에 대해서도 나는 많은 의견을 쏟아냈다. 종전에는 주로 금품으로 하는 봉사였다. 돈은 힘들게 사는 사람들에게 눈앞의 도움을 줄 수 있는 단방약이기는 하다. 하지만 돈만으로 봉사를 다했다 할 수는 없다. 우리는 오랫동안 어렵게 살아오며 주로 남의 도움만 받았을 뿐, 베푸는 것을 제대로 해 보지 못했다. 아예 봉사라는 문화가 없었다고나 할까. 그러다보니 봉사하는 법도 서툴러 남을 돕는다는 것이 자칫 가진 자의 오만으로 비쳐지기도 했다.

나는 진정한 봉사를 위해서는 노력봉사를 병행해야 한다고 주창했다. 늘 해오듯 시설에 가서 봉투나 건네며 사진 찍는 것으로 끝낼 것이 아니라 그들에게 가까이 다가가 몸으로도 부딪쳐 보자는 것이었다. 하지만 그 일을 실천하기란 생각만큼 쉽지 않았다. 심지어 그런 제안을 했던 나도 막상 현장에 이르러선 슬그머니 뒷걸음 치고 싶었으니 말이다. 스스로도 실천하지 못할 어려운 과제를 너무 일찍 터트린 것이 아닌가 하고 한동안 뉘우치기도 했다. 어느 성직자가 '사랑이 머리에서 가슴으로 내려오는데 수십 년이 걸렸다'고 한 고백은 사랑의 봉사가 얼마나 어려운 것임을 실감케 한다.

언젠가 신문에서, 인도의 델리에서 테레사 수녀가 운영하는 사랑의 선교회에 관한 기사를 읽은 적이 있다. 그곳 정신지체 어린이 시설을 방문하는 사람들은 태어나면서부터 장애가 된 채 버려진 아이들을 보면서, 안타까워 돕고 싶다며 더러 봉투를 내놓는다고 한다. 그런데 선교회에선 그것을 사양하고 대신 아이들을 한 명 한 명 마음을 담아 꽉 안아줄 것을 권한다고 한다. 포옹이란 서로를 끌어안고 체온을 느끼며 숨소리를 나누자는 것이 아닌가. 봉사의 근본은 사랑에 바탕하지 않고선 그 임무를 다했다 할 수 없음을 보여주고 있다.

20년 전엔 몸으로 하는 봉사가 지금처럼 흔치않던 때였다. 지금은 봉사에 대한 사회적 인식도 많이 달라진 만큼 내가 했던 제안도 이제는 적극적으로 실천해 나갈 수 있게 되어 마음 기쁘다.

산업사회의 급격한 변화에 발맞추어 우리 모임의 젊은 회원들도 사업의 규모가 커지고 경영능력을 갖추며 빠르게 성장해 갔다. 시야도 넓혀 국제교류도 활발하여 세계화에도 힘을 쏟고 있다. 시대의 흐름에 따라 신구(新舊) 회원의 교체가 자연스레 이루어져 젊은 회원을 중심으로 모임의 틀이 새롭게 짜여가고 있다.

그런 변화 속에서도 마음에서 놓지 못하는 건 아직 내가 해야 할 일이 있고, 그동안 맺어온 인연의 끈을 쉬이 놓아버릴 수 없는 아쉬움 때문이었다. 하지만 이제는 떠나야 할 때라는 것을 피부로, 마음으로 느끼게 되었다. 크게 가치를 두어왔던 노력봉사는 더 이상 내 몸에 버거웠고, 그동안 해왔던 나의 역할도 이제는 더 역량 있는 젊은 회원들에게 맡기는 것이 순리라는 생각이 들었다. 사람은 물러설 때를 잘 가려야 한다는데 지금이 그 적기인 것 같았다. 흔히 사람을 가리켜 '관계의 동물'이라고 말한다. 누구나 만족스러운 관계를 꿈꾸며 이에 집착한다. 그런데 나이를 먹어가는 것은 관계에 대한 집착을 버리는 방법을 배워가는 과정인지 모른다.

이렇듯 마음을 비우고 물러나려는데 왜 이리도 허전할까. 단지 소속감을 잃는 아쉬움 때문일까. 아니, 나의 존재가치가 덧없이 느껴지는 허무함 때문일까.

이제 마음을 정리하면서 조금 쉬고 싶다. 그리고 내가 할 수 있는 새로운 일을 찾아보아야겠다.

9988234

주위에서 가까운 사람들이 하나 둘씩 세상을 등진다. 얼마 전 한 친구가 담도암에 걸렸다. 암 부위를 떼어내는 수술이 위험해 주사와 약물 치료를 병행해 왔는데 무슨 생각에서일까, 돌연 수술을 받겠다고 선언했다. 성공하면 건강을 회복할 수 있으나 잘못되면 죽음을 각오해야 하는 모험이었다. 부인은, 나이 들면 질병도 삶의 일부이니 최선을 다하며 꾸준히 치료해 나가자고 했다. 가족의 애원에도 불구하고 그는 죽음에서도 의미를 찾을 수 있다며 자신의 결심을 굽히지 않았다. 못 견디게 큰 고통을 받고 있는 것도 아니었기에 목숨을 건 그의 심경을 어떻게 헤아려야 할지.

　근래에 '9988234'라는 신조어(新造語)가 우리 사회에 꽤 퍼져 있다. 이삼 년 전이던가, 친목회에서 한 회원이 느닷없이 모임의 명칭을 '88회'로 바꾸자는 제의를 했다. 우리 모두 팔팔하게 88세까지 살면서 모임을 이어가자는 뜻이라고 한다. 회원들은 실감이 나지 않는지 그저 웃으며 건성으로 듣고 넘겼다.

　그 뒤, 다른 모임에서 건배의 선창자가 "구구 팔팔!" 하면서 잔을 높이 들었다. 그는 구호에 담긴 의미를, 99세까지 팔팔하게 살자는 취지라고 한다. 88세를 살자는 제의마저 지나친 욕심이라며 고개를 설레설레 저었는데, 불과 일 년 남짓 사이 십 년을 훌쩍 넘어 99세까지 살자고 하니 마치 진시황의 망령이라도 살아난 듯 당황스럽기조차 했다.

　옛날에는 사람의 수명이 짧아 이순을 넘기기도 어려웠기에 생명의 소중함이 지금보다 더 컸을 것이다. 그러나 그분들은 무리해가며 세상을 살려고 하지 않았다. 그저 명대로 살다가 편안하게 죽는 것을 고종명(考終命)이라 하여 오복(五福)의 하나로 꼽았다.

　요즘 우리 사회에선 오래 살 수만 있다면 눈살을 찌푸리게 하는 짓도 서슴지 않는다. 인간의 그런 욕구나 행동거지(行動擧止)와는 관계없이 평균 수명이 해마다 높아지고 있다. 여성의 경우 이미 80세를 넘어서고 있으니, 이런 추세라면 99세까지 살 수 있다는 말도 허무맹랑한 욕심만은 아닌 것 같다. 얼마 전 우연히 펼쳐 본 신문 부고란에서 어느 승려는 향년 103세, 어떤 작가는 95세라는 것을 보고 더욱 실감할 수 있었다.

건강하게 오래 살고 싶은 것은 인간의 원초적인 본능이다. 더욱이 생명공학과 의학의 발달은 인간에게 장밋빛 꿈을 뒷받침해 주고 있다. 어떤 학자는 이제 노화는 숙명이 아니라 치료할 수 있는 만성 질환이라고 주장한다. 장차 늙지도 않고 죽지도 않는 신인류가 출현한다는 것이다.

아직은 가설에 불과한 그런 꿈이 실현된다 하더라도 결과는 엄청난 재앙이 될 것이 뻔하다. 늙지도 죽지도 않는 인간들로 득실거리는 지구를 상상해 보라. 얼마나 끔찍한 일인가. 죽음이 있기에 삶이 아름다운 것이거늘, 죽음이 없다면 세상을 사는 무슨 재미가 있겠는가.

'9988'이라는 말이 한참 퍼지는 외중에 느닷없이 '234'라는 숫자를 붙여 화제를 더욱 달구었다. 234는 이삼일 정도만 앓다가 쉬이 죽는 것이 환자와 가족 모두의 고통을 덜어준다는 것이다. 이처럼 죽음의 순간을 내 마음대로 할 수 있다면 얼마나 좋겠는가.

옛날에는 집안 어른이 긴 세월 병석에 누워 가산(家産)을 거
덜 내어도 가솔들은 조금도 원망하지 않았다. 가족과 자신을
동일시했기에 혈육의 죽음을 자기 죽음처럼 애통해했다. 모진
고생을 함께 겪지 않고 혈육을 저 세상으로 보낸다면 그것이야
말로 살아있는 사람들에게는 두고두고 한(恨)이 되는 일이기
도 했다.

예부터 우리나라는 죽음에 대한 거부감이 유난히 강한 민족
이다. 다행인 것은 요즘 노인들로부터 오래 사는 것이 가족과
사회에 대해 염치없다고 하는 말을 심심찮게 듣는다. 너무 오
래 살면 결국 외로움과 고통에서 벗어나지 못함을 스스로 깨닫
고 있는 것이 아닐까. 그러므로 이제는 잘사는 것 못지않게
어떻게 하면 잘 죽을 수 있는지를 준비해야 한다는 목소리가
힘을 얻고 있다.

호스피스는 환자에게 편안한 임종을 갖도록 위안을 베풀지
만 생명 연장을 위한 어떠한 의술도 권하지 않는다. 죽음은
삶의 자연스런 과정임을 잘 인식시키면서 고통을 줄이는 데
도움을 주고 있을 뿐이다.

≪조화로운 삶≫의 저자인 스코트 니어링은 죽기 전, 유서
에서 나에게 죽음이 다가오면 의사도 곁에 두지 말고 음식은

물론 마시는 것도 끊어 달라고 했다. 기쁨과 평화로운 마음으로 죽음을 맞고 싶다면서…. 이런 흐름으로 볼 때 환자의 고통을 덜어 주기 위해 안락사(安樂死) 문제도 진지하게 논의해야 할 시점에 이르지 않았는지 생각해 볼 일이다.

담도암 수술을 받았던 친구는 안타깝게도 수술대에서 깨어나지 못했다. 이를 두고 주위에서는 잘못 내린 결정이라는 사람들이 많다. 수술을 받지 않았으면 몇 년은 더 살 수 있었을 것이라고 아쉬워했지만, 나는 슬픔을 억누르며 친구의 선택에 손을 들어주었다. 천천히 쇠락해 가는 자신의 모습을 지켜보며 가장 두려운 것이 무엇이었겠는가. 그는 구차한 연명(延命)보다 자신의 의지로 품위 있는 죽음을 택하고 싶었던 것이다.

친구는 돌아오지 못할 길을 갔지만, 젊은 날 손을 맞잡고 "우리 한 번 멋진 세상을 만들어보자"고 다짐했었지. 꿈 많던 시절에 객기(客氣)를 부려 한 말이기에, 나는 벌써 바람결에 흘려보냈건만 고인은 그 약속을 지키느라 열심히 살며 우리 사회에 많은 공헌을 남겼다. 참으로 값진 삶이었고 존엄한 죽음이다.

나는 죽음 앞에 의연했던 그의 결단을 이해하면서도 "9988!" 하고 한번 외쳐보지도 못한 채 떠나보낸 아쉬움이 날이 갈수록 마음에 사무친다. 보고 싶구나, 친구야.

호변(號辨)

　　사람은 세상에 태어나면 누구나 이름을 갖게 된다. 이름이 있음으로 남과 구별되고 자기 존재가 특정된다. 옛날 우리나라에서는 아이들이 갓난아기일 때 사망하는 경우가 잦아 태어난 지 몇 해가 지나도 아예 이름을 짓지 않는 경우가 많았다. 또한 더러운 호칭이어야 무병장수할 것으로 믿어 쇠똥이나 개똥같은 천한 이름을 붙였으니, 불안한 생명에 대하여 우리네 부모님들이 얼마나 마음 졸였는지 짐작된다. 한편 어른이 되면 본명을 부르는 것을 꺼리는 풍습이 있어 호(號)를 지어 이름을 대신하곤 하였다.

　　내가 현재 속해 있는 어느 단체에서는 아호(雅號)를 가질 것을 적극 권장하고 있다. 우리 주위에는 호칭 문제로 대인관계가 불편하거나 부담이 되는 경우가 흔히 있다. 더구나 이 모임은 가입이 비교적 자유로워 각계각층의 다양한 사람들이 모이다 보니, 회원들의 사회적 배경이나 교육 수준, 나이나 직업 등이 이질적일 수밖에 없다. 그러므로 호를 불러 신분의 차이에서 오는 위화감을 해소하고, 서로의 인격을 존중하므로써 친목을 유지하고 있다.

호를 살펴보면 재미있는 것들이 꽤나 많다. 이북에서 월남한 어느 회원은 호가 송악(松岳)이다. 송악은 지금의 개성이며 고려의 왕도(王都)가 아니던가. 이 지명을 따서 호를 지은 뜻은, 그리운 고향을 항상 몸속에 기리며 통일에 대한 염원을 잊지 않기 위함이라고 한다. 광염(光鹽)이라는 호를 지닌 친구도 있다. 글자 그대로 '빛과 소금'이다. 기독교 신자인 그는 성경의 구절을 인용하여 신앙인의 존재감을 드러내고 자기의 종교적 신념과 지향하고자 하는 의지를 나타내고 있다. '고래'라는 한글 호를 가진 사람도 있다. 그는 몸집이 크고 거무스레하여 마치 고래처럼 생겨 남들이 흉으로 부르는 별명인데, 그것을 그냥 받아들여 자신의 호로 쓰고 있으니 그만한 호연지기를 가진 사람도 드물 것이다.

몇 년 전 지방에서 올라온 옛 친구와 환담하던 끝에

"자네 호가 뭔가?" 하고 묻기에

'일석(一石)'이라 하였더니 아주 훌륭하다며 칭찬을 늘어놓았다. 곧 이어 "누가 지어 주었느냐"고 물었다. 내가 지은 것이라했더니 원래 호는 스승이나 선배, 학식이나 덕망 높은 친구가지어주는 것이라며 나를 무안하게 했다.

그 친구는 유학(儒學)에 조예가 깊고 지방에서 향교를 관리하고 있어 그 계통에는 일가견이 있는지라 그 말을 듣고 조금움츠러들었다. 그런데 최근 어떤 책에서 '이름은 부모가 정하여 주는 것이고 호는 자신이 짓는 것이 일반적인 현상이다'라는 글귀를 보고는 다소 자존심을 추스를 수 있었다.

대학 졸업을 앞두고 한때 산사(山寺)에 머문 적이 있었다.그때 열심히 책을 읽고 있는 젊은 학생이 마음에 들었던지 주지스님이 격려의 뜻으로 과분하게도 호를 내려주셨다. 백암(白巖)이라는. 흰 백에 큰 바위 암. 나는 남보다 일찍 호를 가져매우 좋아했다. 마치 학자라도 된 기분이었고 대단한 출세라도 한 양 어깨마저 으쓱했다. 그 후 책을 사면 빠짐없이 '백암김한석'이라고 정성을 들여 써 넣었고, 호를 쓰는 순간 묘한감흥이 일기도 하였다.

그 후 내 자신이 새로이 호를 짓기로 하면서 옛날에 받았던 백암이라는 호를 잠시 떠올렸다. 되돌아보니 그동안 전혀 사용할 기회가 없었고, 누구 하나 챙겨주는 사람도 없어 긴 세월 속에 외로이 잠자고 있었다. 호칭이란 널리 사용됨으로써 그 의미가 있고 빛을 내는 것이거늘, 스님의 애정과 믿음이 담겨 있는 호를 되살리지 않은 것은 글자 속에 감추어져 있는 뜻이 아무리 깊다 하더라도 내 손으로 작호(作號)하고 싶은 마음이 앞섰기 때문이다.

'일석'이라는 호를 지어놓고 보니 우연하게도 이름과 매우 흡사하다. '한석과 일석'. 호는 원래 이름과 상이한 것이 보통인데, 둘이 비슷한 호칭인 것은 나만이 갖는 독특함인 것 같아 흐뭇했다. 한자로 써놓고 보면 '漢奭과 一石'은 아주 별개의 모양과 뜻이 되어버린다. 닮음과 다름이 공존하며, 나와 또 다른 나를 잘 다듬어 나가면 반드시 길조(吉兆)가 될 것이라는 느낌마저 들었다.

외람되게도 나는 가끔 일석(一石)을 김구 선생의 호와 관련 지어본다. 백범(白凡)은 내가 가장 존경하는 분이다. 학창 시절 ≪백범일지≫를 읽으면서 그의 민족 사랑과 대한 독립에 대한 강한 집념에 매우 감동했다. 그런데 이해하기 어려운 점의 하나는 그 어른의 아호였다. 당신의 호는 백정(白丁)의 '백' 자와 범부(凡夫)의 '범' 자를 따서 지은 것이라고 한다. 그 위대한 지도자가 어찌 자신을 백정과 같은 천한 신분에 비유하는 것인지 의문을 지울 수 없었다. 안타까움에 마음이 뒤틀리기도 했다. 지금은 그분의 깊은 뜻을 알 것 같다.

선생님은 남들처럼 우두머리가 되기보다 무리를 지탱하는 다리가 되고자 하셨다. 그리고 몸소 실천하셨다. 그렇기에 어느 지도자보다 항상 백성과 가까운 곳에 있었던 분이다. 당신께서는 자신을 백정과 범부로 낮추었지만 국민은 그 어른을 '민족의 지도자'로 높이 받들고 있다. 스스로를 낮추면 더 높아질 수 있다는 이치를 이제야 느끼게 되었으니 웬 만시지탄이란 말인가.

내 호인 '一石'의 뜻은 돌 하나 또는 돌 그 자체이다. 그 돌은 그저 길거리에 굴러다니는 돌멩이일 뿐이다. 사람들의 발길에 수없이 밟히기도 하고 걷어차이기도 하는 돌. 그러면서도 있는 그대로의 모습을 굳건하게 지니고 있는 돌. 그 돌 하나에서 나는 인내와 자존심의 상징을 본다. '백범'과 '일석'은 자신을 낮추었다는 점에서 일맥상통하고 있지 않은가. 선생님을 닮고 싶은 심정에서 내가 '일석'이라는 호를 지극히 사랑하는 연유가 여기에 있다.

가을 단상

저 멀리 억새풀이 군락을 이루고 있는 곳에 눈이 머문다. 하얀 꽃물결을 보고 있노라니 어느 순간 억새꽃은 흔들리는 갈대로 변한다. 그 숱한 세월 속에서도 변하지 않은 젊은 날의 환영(幻影)이다.

지난여름, 유독 무더웠기에 시원한 가을을 간절히 기다렸는데 시월 내내 궂은 날씨가 계속되자 영영 가을을 놓치는 것이 아닌가 아쉬워하고 있었다. 그런데 오늘은 모처럼 전형적인 가을 날씨를 보여주어 드라이브 길에 나섰다.

통일로로 향하는 가로수는 아직도 푸른 잎을 매달고 있지만 가을 햇살에 힘겨워 보인다. 날씨는 변덕을 부렸어도 계절의 변화는 어김이 없는 모양이다. 좁은 길로 접어드니 가로수가 어우러져 터널을 이루고, 하늘을 가린 나뭇잎 사이로 은빛 햇살이 눈부시다. 나무 사이로 스쳐가는 농촌의 모습이 평화롭기만 하다. 서울 근교에서 이런 들녘을 볼 수 있다니. 가을 풍경에 젖어 있는 동안 어느새 서삼릉(西三陵) 앞에 이르렀다.

경내에 들어서니 늦은 시간이어서일까, 사람의 그림자 하나 보이지 않는다. 산봉우리에서 불어오는 소슬바람 소리 뿐, 경내에는 적막감마저 감돈다. 가을에는 누구나 시인이나 철학자, 음악가가 된다고 했던가. 가을 정취에 도취된 아내가 노래를 부르기 시작한다.

갈대밭이 보이는 언덕…
둘이서 걷던 갈대밭 길에 해는 지고 있는데….

나도 모르는 사이 아내에게 손을 낚인 채 낮은 목소리로 노래를 따라 불렀다. 노랫가락이 이어지는 동안 불현듯 젊은 시절의 갈대밭이 선연히 떠오른다. 필경 아내도 그 시절을 그리워하고 있을 것이다.

좀 쓸쓸하게 들리긴 하지만 슬픔을 노래한 것은 아니다. 그런데도 노랫소리는 메아리처럼 오랜 세월을 뛰어넘어 우리의 가슴속에 잔물결을 일으키고 있었다. 나는 아내의 얼굴을 쳐다보지 않았다. 망막에 잡힌 그 시절의 아내 얼굴을 놓치고 싶지 않아서이다. 이런 분위기 때문이었을까, 능에 이르는 기나긴 길이 속절없이 달아나버린 지난 세월처럼 짧게 느껴져 아쉬웠다.

예릉은 철종과 그의 비(妃)가 묻혀 있는 곳. 왕릉이기에 역시 규모가 크고 석상이 뒤를 둘러싸고 있어 위엄을 더한다. 하지만 이 거창한 무덤이 죽은 자에게 무슨 의미가 있는 걸까. 가을 바람이 소리를 내며 나뭇잎을 떨어뜨리고 지나간다. 임금의 무덤이라도 백성의 묘와 조금도 다를 것 없이 한 인간이 형상을 달리하여 누워있는 자리에 불과한 것을.

《사람은 얼마만큼의 땅이 필요한가》에서 '누울 자리만큼의 땅이면 족하다'고 했던 톨스토이는, 실제로 한 평 남짓한 풀 무덤 속에 묻혀 있다. 그저 길가에 아무렇게나 팽개쳐져 있는 것처럼 묘비조차 없다니…. 톨스토이의 무덤을 찾은 어느 작가는 그것이 불후의 업적을 남긴 대 문호의 무덤이라고는 믿기지 않는다며 가슴 아파했다. 그러나 아무리 무덤이 초라한들 어느 누가 그의 무덤 앞에 경건히 머리 숙이지 않을 사람이 있겠는가.

무덤 앞에 서면 사람은 누구나 겸허해지는 법. 어차피 나도 이렇게 흙에 묻히고 말 것이라며. 그런데 이상한 것은, 나야말로 사후를 걱정해야 할 나이인데도 도무지 죽음이라는 게 연상되지 않는다. 지금 내 곁에 긴 세월을 함께 살아온 아내가 서 있다는 것 외에는 아무 것도 의식되지 않는다.

사람들은 무엇 때문에 왕릉을 찾으며, 거기에서 무엇을 얻는 것일까. 흔히들 삶과 죽음에는 경계가 없다고들 한다. 진정 두 간극 사이에 무슨 교감이라도 있는 것일까. 나는 그런 것에는 아랑곳하지 않고 그저 낙엽을 밟으며 가을을 만끽하고 있을 뿐이다. 죽은 자는 말이 없다. 하지만 살아있는 우리는 이렇게 손을 잡고 생명의 풋풋함을 호흡하고 있지 않는가. 살아있다는 것이 이렇게 행복할 수가….

귀로에 서오릉(西五陵) 쪽으로 돌아오면서 근처 식당에 들렀다. 우리는 동동주 잔을 놓고 마주 앉았다. 누가 가을을 소멸의 시간이라고 말했는가. 내 마음속엔 아직도 단풍의 고운 빛깔이 가슴을 적시고, 보아왔던 모든 것들이 눈물겹도록 정겨웠는데. 가을을 가슴에 담을수록 우리의 마음은 아름다워진다.

사람은 누구나 자기 안에 불러들이는 만큼 행복해진다고들
한다. 아내와 나는 술 한 잔을 놓고 몇 번이고 건배를 거듭했
다. 살아있는 이 순간의 소중함을 새삼 확인하며….

가을이 깊어가니 곧 낙엽이 흩날릴 것이다.

인력거

베이징의 천안문 광장에서 그리 멀지 않은 곳에 유리창(琉璃廠) 거리가 있다. 옛날 자금성을 역사(役事)할 때 기왓장이나 유리 제품을 만들어 조달해 주던 곳이라고 한다. 이제는 그런 흔적은 찾아볼 수 없고 골동품 가게만이 길게 늘어서 있다. 이곳은 서울의 인사동과는 달리 점포와 거리가 옛날 모습을 그대로 간직하고 있어 그 자체가 또 하나의 골동품처럼 느껴진다.

이곳저곳을 천천히 돌아보며 긴 거리를 빠져나오자 인력거 꾼들이 한꺼번에 몰려든다. 그중 복장이 고풍스러운 한 늙은 이의 수레에 올라탔다. 그는 재수가 좋았다고 생각했을까, 신이 난 듯 부지런히 좁은 길을 이리저리 헤집고 다닌다. 옛날에는 이 골목에 찻집이 많았다고 하는데, 그보다도 길게 늘어선 홍등가와 목조로 된 여관들이 더 눈길을 끈다. 나는 인력거를 타고 뭇 사내들이 편력했을 그 길을 밟으며 당시의 환락가 풍속도를 머릿속에 그려본다.

옛날 번화했던 이 거리에는 내로라하는 한량들과 난봉꾼들이 득실거렸을 것이다. 뿐만 아니라 그 당시 세도가들이 여러 명의 여자를 차지하던 풍습으로 평생 장가 한번 가보지 못한 나이든 총각들도 눈요기 삼아 이 홍등가를 배회했으리라.

좀 넓은 길로 나서자 어느 큰 집 앞에서 인력거가 멈춘다. 무슨 기방(妓房)이었다는데, 어쩌면 이토록 호화롭게 꾸몄을까 혀가 내둘러질 지경이다. 이곳에서는 유료로 내부를 구경할 수 있어서 집안으로 들어간 나는 구석구석을 기웃거리며 다녔다. 마치 누군가를 찾는 것처럼.

어린 시절, 자주 놀러 다녔던 친구 집에 누이가 있었다. 누이는 내게 공부를 잘한다며 늘 칭찬해 주었고, 가끔 용돈도 손에 쥐어 주었다. 돈을 주어서가 아니라 나는 웬일인지 그 누이가 좋았다. 아이들은 귀여워해 주는 것만큼 따른다는 옛말이 있으나 나는 더 나아가 그 누이에게서 혈육과 같은 포근

한 정마저 느끼게 되었다.

그러던 어느 날, 누이가 머리를 곱게 빗어 올리고 말끔한 한복 차림으로 인력거를 타는 것을 보았다. 그 아름다운 자태는 마치 선녀의 모습 그대로였으며, 오랫동안 그 모습이 머릿속에서 떠나지 않았다. 얼마 뒤 친구는 멀리 이사를 갔고, 영영 소식이 끊어져 버렸다. 한동안 그 누이를 생각하면 마음이 허전하였다. 초등학교 이삼학년 때의 일이니 까마득한 옛 이야기다.

오랜 세월 속에 잊혀져가던 기억도 영화나 소설 속에서 인력거가 등장하면 그 누이가 생각났고, 자연스레 인력거와 기생이 연결되어짐을 알게 되었다. 성장하여 사회인이 되면서 가끔 요정을 드나들 때면 이따금 이런 자리에서 누이는 어떤 모습을 하고 있었을까 상상해 보기도 하였다.

옛날의 기생은 지금의 통념과는 전혀 달랐다. 지조가 굳어 가볍게 처신하지 않았을 뿐 아니라 창(唱)과 가락을 익혀 예술적 소양을 쌓았으며, 예절을 갖추어 정중하게 손님을 응대하였다. 특히 내 고장 진주의 기생이라 하면 그 명성이 높았다. 그렇기에 친구의 누이도 그저 허허롭게만 세상을 살지는 않았을 것이라 믿고 싶다.

인력거를 타던 누이는 어린 시절의 내게 그저 하염없이 아름다운 여인으로만 비치었을 뿐, 기생이라고는 생각해 본 적이 없었다. 어느 정도 세상사를 알고 나서야 이 모두가 가난이 빚은 숙명이었음을 알았지만, 그 누이인들 어찌 남들처럼 한 남정네의 아내로 살아가고픈 소박한 꿈이 없었겠는가. 우리에겐 이렇듯 가슴 아픈 사연들이 많아 한(恨)을 지닌 민족이라고 하는지도 모르겠다.

어린 시절의 막연하고 미성숙했던 애정이 따뜻한 느낌으로 긴 세월 가슴속에 간직되어 있다가 이곳에서 불쑥 그리움으로 나타난 것일까. 그리하여 환상(幻想) 속에서나마 누이와 재회하고 싶었던 것일까. 흔들거리는 인력거 안에서 나는 세월의 무상함을 느끼며 한참 동안 눈을 감고 있었다.

이제 내 주변에서는 그리운 얼굴들이 하나둘 지워져간다. 그런 속에서도 잊혀졌던 옛 얼굴들을 추억함으로써, 아니 재현해 냄으로써 돌이킬 수 없는 세월을 다시 만나게 되는 것이 아닐까.

수십 년의 세월이 흐른 지금, 혹 그 누이와 스쳐 지나갔어도 서로 알아차리지 못했을 것이다. 단지 오랫동안 마음속의 연인이었던 누이가 어디에서든 아름다운 삶을 살고 있기를 바랄 뿐….

아내에게 보내는 편지

오늘이 당신의 생신이네요. 좀 특별한 날이기에 진심으로 축하합니다. 당신은 생일을 맞거나 해가 바뀌어 나이 먹게 되는 것을 유난히 싫어하지요. 그런다고 숨길 수 있는 것도 아닌데.

생각하면 꿈만 같은 지난 세월이었지요. 우리는 초등학교 동기동창으로 만나 서로에 대한 막연한 호기심을 간직한 채 헤어졌다가 고등학교 때, 동창회에서 다시 만났을 때에는 왜 그토록 가슴이 두근거리던지. 오랫동안 묻혀 있던 불씨가 삭지 않고 있음을 확인한 우리는 대학시절을 거치며 본격적으로 애정의 불꽃을 키워갔지요.

결혼으로 이끌었던 뜨거웠던 연정(戀情)이 오랜 세월을 거치며 황혼을 맞은 이제까지도 따뜻한 연민으로 남아있는지 모르겠네요. 첫사랑은 누구나 하지만 모두가 사랑의 결실을 이루는 것은 아니거늘 그러고 보면, 우리 인연은 무던히 길고도 질긴 연분인가 봅니다.

서울에서 나는 공무원으로, 당신은 약국을 경영하며 새살림을 꾸렸습니다. 그 당시 공무원의 월급이 생활하기에 턱없이 부족하였으나 당신이 살림 뒷바라지를 잘해 준 덕분으로 나는 부정에 휩싸이지 않고 소신껏 공직을 수행할 수 있었으니 그 고마움을 여태껏 간직하고 있어요.

그렇게 사는 동안 우리에게 존재의 의미와 즐거움을 안겨주던 자식들은 하나 둘씩 둥지를 떠나가고 둘이만 살아온 세월도 어느덧 십여 년이네요. 그래도 지금껏 외롭지 않게 지내고 있는 것은 자식들이 가까이에 있어 자주 문안하고 가족모임도 주선해 주기 때문이지요. 요즘 세상에 드물게 부모에게 신경 써주는 그들이 있어 우리는 참 마음 편하게 지내고 있는 거지요. 자식들이 이처럼 착하고 올바르게 자란 것은 매사에 헌신적이며 알뜰하게 살아온 당신의 모습에서 본받은 것이라 생각해요. 당신은 언제나 아이들의 거울이었고, 훌륭한 어머니였습니다.

자식들을 키우면서 우리 부부도 어찌 평탄하기만 했겠어요. 무엇보다 내 성격이 너그럽지 못해 당신의 마음고생이 많았을 것입니다. 그래선지 심심찮게 싸우기도 했지요. 하기야 부부 간에 싸우지도 않고서야 무슨 재주로 긴 세월을 살아가겠어요. 그렇다고 사네 못 사네 하며 보따리를 쌀 만큼 심각한 싸움은 없었으니 그만하면 우량부부에 속하지 않을까요? 딸들이 종종 말했지요. 아버지 어머니는 잉꼬부부 경연대회에 출전해야 한다고. 그러고 보니 남 보기에 꽤 다정했던 모양이네요. 요즈에는 그런 말 듣지 못한다고 서운해 할지 모르겠으나 이 나이에 그런 소문나면 되레 주책이라 그래요. 가끔 웃겨가며 덤덤하게 살아가는 이대로가 좋을 것 같네요.

언젠가 당신은 남편한테서 사랑의 꽃다발을 받아보는 것이 소원이라 했소. 긴 세월을 살아오면서 어찌 그럴 수 있느냐며 몇 번이나 투정을 부렸는데, 사실 사랑하지 않아서가 아니라 우리 세대의 남자들에게 그게 얼마나 쑥스러운 건데요. 이젠 세상이 바뀌어선지, 지난해 생일에 소원하던 장미를 가득히 당신의 품에 안겨주었지요. 그때 만면에 웃음 띠며 좋아 어쩔 줄 몰라 하던 당신을 보며 나도 무척이나 행복했어요.

또 다른 요구도 있었죠. 차에서 내릴 때, 남편이 재빨리 운전석에서 내려 허리 굽혀 문을 열어주면 그제야 우아한 모습으로 내리고 싶다고요? 참 고상한 취미신데, 마나님의 그 하명(下命)을 끝내 받들지 못하게 되어 황공합니다. 하필이면 근간에 승용차를 없애버렸으니 말입니다. 비록 성에 차지 않겠지만 아들이나 사위들한테서 대리만족 얻으시기 바랍니다.

이렇게 오순도순 때로는 티격태격 살아오면서 나는 늦깎이로 책상머리에 엎드려 글을 쓰는 것이 기쁨이고 보람이랍니다. 내가 수필 공부를 시작한 것은 순전히 당신 덕분이었소. 망설이는 나의 등을 떠밀며 기어이 문학의 길로 들어서게 했으니. 그 고마움에 보답할 길은 좋은 글을 쓰는 작가가 되는 것인데, 여보! 힘껏 노력할게요.

내가 글공부를 시작하자 뒤질세라 당신은 노래 공부에 뛰어들었지요. 집안에 노랫소리가 울려 퍼진다는 것은 그만치 평화로운 집안임을 상징적으로 말해 주는 것입니다. 글 읽는 소리와 노래의 음률(音律)이 함께 어울리니 이 얼마나 아름다운 하모니인가요. 둘이 산다하여 적적하거나 외롭기는커녕, 각자 하는 일에 충만하여 기쁨을 누리고 사니 집안에 밝은 기운이 넘쳐나고 복이 통째로 굴러들 것만 같네요.

‘사람이 일흔까지 산다는 것은 몹시 귀한 일이다(人生七十古來稀)’라고 한 두보(杜甫)의 시구(詩句)는 아직까지 세간에 회자되고 있기에 우리야 아무런 여한이 없지요. 서양에서는 이혼율이 높아 은혼식(銀婚式)을 맞아도 귀한 커플로 칭송받는다는데, 우리는 금혼식(金婚式)마저 치렀으니 이만큼 해로했으면 우리 사회에서도 축복받을 만하지 않소.

이제 덤으로 사는 세상, 삶에 욕심 낼 것 없이 그저 물 흐르듯 순리대로 살다 고종명(考終命)합시다. 차분히 자신을 뒤돌아보고 하루하루가 축복이라 생각하며 살아가요. 여보! 사랑해요.

— 영(英)의 남편 김한석

큰물에서 노이소이

고등학교를 갓 나온 한 청년이 그림자가 길게 드리워진 여름 햇살을 받으며 시골길을 걷고 있다.

간이역에 막 내린 그는 주위를 두리번거리다 한 승객을 붙잡고 길을 묻는다. 대답이 마땅찮았는지 다른 사람 곁으로 다가가 물어도 같은 대답이라 잠시 난감한 표정을 짓는다. 목적지가 역전 큰길가로 알고 왔는데 그렇게 먼 곳에 있다니. 선뜻 내키지 않은지 우두커니 서 있다가 할 수 없다는 듯 무겁게 발걸음을 옮긴다. 산자락의 오솔길을 따라 걷고 또 걸어도 마주치는 사람이 없다.

어깨가 축 처져 있으니 제대로 떼는 걸음이 아닐 터. 한참을 가서야 마주친 사람은 삼십대 후반으로 보이는 아낙네다. 허름한 삼베적삼에 인물은 박색이라 영 말붙일 기분이 아니다. 하지만 얼마를 더 가야할지 답답했다.

"아주머니, S국민학교를 가려면 얼마를 더 가야 하지요?"

그 아낙은 갑자기 미남 청년에게 호감이 가는지 가까이 다가서면서 미리 알고 영접 나온 사람처럼 행세한다.

"혹시 그 학교에 부임하러 가시는 선생님 아닌가요?"하고 되묻는 것이 아닌가. 아니, 총각선생이 온다고 동네방네 소문이라도 났단 말인가. 어찌된 영문인지 몰라 멀뚱하게 서 있는 청년에게 아주 한 술을 더 뜬다.

"제가 그 학교 교무주임입니다."

그 한마디에 청년은 뒤통수를 얻어맞은 듯 정신이 멍해진다. 그는 청년을 진정시키려는 듯 며칠 전, 교육청으로부터 연락을 받고 김한석 선생님이 부임하기를 기다리고 있었다는 것이다. 아직 학생티를 벗지 못했는데 말끝마다 '선생님'이라 부르니 과분한 호칭이 듣기 민망스러우면서도 내가 마주하고 있는 이 사람이 교사라는 사실에 지극히 실망했다. 아무리 농촌이라도 지역사회에서 존경받아야 할 선생님이 저토록 남루한 복장을 하고 다니다니. 앞으로 직장동료로서 정(情) 붙이며 살아가기 힘들 것 같았다.

　이런 내 심정을 알 리 없는 그는 새 식구를 맞는 반가움에서일까, 자기가 길을 안내하겠다며 오던 길을 앞장선다. 여름햇살이 사그라지는 들녘을 둘이서 한가로이 걸었다. 그는 학교의 현황을 조금 내비치면서도 슬그머니 얼버무리는 것이 왠지 나를 불안하게 했다.

　마을 어귀를 지나자 손짓하며 학교를 가리킨다. 오랜 역사를 말하듯 아름드리 플라타너스가 온통 그 주변을 뒤덮고 있어 장관이다. 가슴 설레며 교문 안으로 들어섰다. 그것은 또한 사회에 첫발을 들여놓는 벅찬 순간이기도 하다.

　그런데 이게 웬일인가! 거기에는 학교가 없었다. 텅 비어있는 삭막한 광경에 내 눈을 의심했다. 교사(校舍)는 6·25전쟁으로 완전히 소실되고 토담으로 된 오두막 한 채가 운동장 한켠에 외로이 서 있었다. 초가지붕에다 유리도 없는 창문이 겨우 실내를 비추어 주는 햇살의 통로인 모양이다. 널따란 교정에는 사람 그림자 하나 보이지 않아 한여름인데도 겨울의 찬바람 속에 서있는 양 몸이 부들부들 떨렸다. 전쟁이라는 게 아무리 비참하다지만 막상 내가 근무할 현장에 서서 그 참상을 목격하니 가슴이 철렁 내려앉았다.

다음날 아침, 학교와 조금 떨어진 교장 관사에서 직원조회가 열렸다. 교직원이라곤 교장, 교무주임, 두 남자 교사 그리고 여자강사가 전부다. 서로의 인사가 끝나자 교장선생이 학급 담임을 발표하는데, 어이없게 나더러 6학년 반을 맡으라고 했다. 학년 중간에 6학년 담임을 교체한다는 것도 납득되지 않을 뿐더러 현장 경험이 전무(全無)한 교사에게 중학 입시를 앞두고 이런 황당한 결정을 내리다니.

그래도 교육계를 어느 곳보다 양심 있는 집단으로 믿어왔는데, 그들의 파렴치가 너무도 미웠다. 아무리 부당함을 주장하여도 요지부동이다. 6학년 담임을 맡았던 교사가 나를 밀어넣고 빠지는 수법으로 사전에 교장선생을 단단히 주물러놓은 모양이다. 이건 경우가 아니라며 나의 입장을 거들어준 사람은 그래도 교무주임이었다. 큰 학교 같으면 교무주임의 입김이 꽤나 센 직책인데, 여기서는 무력한 아낙에 불과했다. 황폐화된 학교, 저토록 의리 없는 사람들과 앞으로 어떻게 동고동락하며 공동체를 이루어가야 할지 한숨이 절로 나왔다.

어려움은 지뢰밭처럼 곳곳에 깔려 있었다. 우선 학생 수가 형편없이 적었다. 6·25전에는 전교생이 600명이 넘었다는데 지금은 120명 남짓이다. 내가 담임한 6학년은 15명이었고, 중학교 입학 희망자는 세 명에 불과했다.

　월급은 국가 재정이 어려울 때라 시쳇말로 담뱃값도 안 되었다. 그래서 학교마다 사친(師親)회비를 거두어 보충해 주는 몫이 교사들의 주된 수입원이었다. 하지만 이 학교에서는 그런 제도마저 별 도움이 되지 못했다. 이곳은 6·25격전지로 집과 재산이 모두 불타버린 데다 설상가상으로 흉년마저 겹쳐 농민들의 생활상은 목불인견(目不忍見)이었다. 몇 푼 월사금(月謝金)도 못내는 처지에 사친회비를 거둘 엄두를 내지 못했고, 추수기에 수확한 벼를 거두어 지급했는데 그 양도 얼마 되지 않았다. 그걸 직접 시장에 나가 팔 수도 없어 앉은 자리에서 손쉽게 처분하려니 손해가 이중으로 뒤따랐다. 어떤 교사는 그 양곡을 농민에게 장리(長利)를 놓았는데 이듬해 빌려준 양곡의 배를 받는, 그 시절 나름의 재산증식 수단이었다.

　교사들이 작은 학교와 농촌을 기피하는 이유는 생활환경이 열악한 것도 있지만 보다 근본적인 문제는 도농(都農) 간에 사친회비로 인한 수입격차가 너무 크기 때문이었다. 나야 미혼이라 그나마 낫지만 처자 거느린 가장의 경우는 생존이 걸린 절박한 문제였다. 그래서 두 남선생도 갖은 애를 써가며 좋은 학교로 전근(轉勤)가기에 급급하여 학교 일에는 아예 관심이 없었다. 그런 환경에서 양질의 교육을 기대하기란 요원한 일. 교무주임이 부임길에 나에게 망설이던 말이 이런 것들이었음을 쉽게 읽을 수 있었다.

방과 후 주말의 소일거리도 고민이었다. 교장은 정년을 앞두고 있어 앞날이 불안해서인지 술로 영일이 없었다. 두 남자교사는 먼 거리에서 통근하고 있어 종료시간만 되면 칼같이 귀가했다. 나머지 두 여선생은 지역정서로 보아 학교 밖에서 외간 남자와 시간을 함께한다는 것은 생각할 수도 없는 일이었다. 그러니 근무시간 외는 직원들의 그림자도 볼 수가 없었고, 회식은 아예 꿈도 꿀 수 없는 형편이었다.

직장이란 일만 하는 곳이 아니라 동료들과 함께 어울리고 더불어 즐기는 것도 당연히 누릴 기대치가 아닌가. 혹시 동네 주민들과 어울려 보려 해도 사교의 장(場)이랄 수 있는 주막이나 음식점, 구멍가게 하나 없는 한촌(寒村)이다보니 방과 후의 생활공간이라곤 전무했다. 정말 뭘 붙들고 살아가야 할지 앞이 캄캄했다.

이런 무료한 생활 속에서도 중학교 합격자 발표일이 다가오자 조금은 초조하고 불안했다. 그때만 해도 중학교 입시경쟁이 꽤 심했다. 한 학생이라도 합격해야 할 텐데, 자신이 없었

다. 평소에도 잘 가르치지 못한데다 과외나 보충수업을 도통
하지 않았으니 경쟁에서 밀릴 것은 뻔했다. 우려했던 대로 세
학생 모두가 낙방했다.

그러던 어느 날 학부모 총회가 있었는데 "상급학교에 한 명
도 진학시키지 못한 것은 학교의 수치"라며 학부형들의 항의
소동이 있었다. 다행히 교장 선생에 대하여 불성실한 학사 운
영과 잘못된 담임 배정을 성토하며 책임을 묻는 자리였다. 나
를 직접 겨냥하지 않았던 것은 신출내기 교사여서 동정을 받았
을 것이다. 하지만 나는 환경과 여건이 좋고 나쁘고를 떠나
담임으로서의 양심과 책임상 더는 이 학교에 머물 수 없었다.

그 길로 풋내기 교사가 겁도 없이 교육감실 문을 두드렸다.
그동안의 사정을 이야기하며 외딴섬이라도 좋으니 타교(他校)
로 전근시켜 달라고 하소연했다. 교육감은 고개를 끄덕거리며
경청하였다. 내 호소가 주효했던 것일까, 학생 티를 벗어나지
못해 동정을 산 덕일까. 얼마 후 군(郡)내에서 가장 큰 학교로
발령을 받았으니 아주 뜻밖이었다. 그 학교는 우수 교사들조
차 머리를 싸매고 들쑤시는 곳이다. 하지만 조금도 기쁘지 않
았다. 가는 곳이 어디이든 꼭 쫓겨 간다는 생각에서다.

새 임지로 가기 위해 지난해 걸어갔던 그 길을 역(逆)으로

밟으며 기차역으로 향했다. 교무주임이 동행해 주었다. 부임 때와는 또 다른 감회로 그 길을 걸었다. 정 붙이지 못한 학교였지만 한 가닥 미련이라도 남았던 것일까. 자꾸 뒤돌아보며 걸음을 멈추곤 했다. 사랑이 없으면 그리움도 없다던데 인연이란 참으로 무서운 것인가보다. 여러 가지 상념에 사로잡히며 좀 더 걷고 싶었는데, 우리는 이미 기차역에 당도하고 있었다. 늘 쓸쓸하고 한적함이 배어있는 곳이 간이역 풍경이 아니던가. 그 분위기에 좀 더 젖고 있을 시간도 주지 않고 기차가 달려왔다.

여선생님이 불쑥 손을 내민다. 아니, 내 손이 붙잡혔다고나 할까. 일 년 동안의 직장생활에서도 처음 잡아보는 손이요, 스킨십이다. 남정네에게 좀처럼 틈을 주지 않는 성미인데, 어렵사리 나와 눈도 맞추었다.

나는 마음속으로 그에게 용서를 구했다. 처음 만날 때의 인상 때문에 오랫동안 호의적이지 않았는데 어느 사이 나에게 친근한 사람으로 다가서고 있으니 고마운 분으로 오래오래 기억될 것이다. 그가 헤어지며 마지막 하던 말은

"김 선생은 꿈이 원대한 분이니 하루속히 교단을 벗어나 큰 물에서 꼭 성공하이소이."

하는 당부였다. 그 말을 듣는 순간, 왈칵 눈물이 쏟아졌다. 참으로 듣고 싶었던 말이었나보다. '청운의 꿈이 기껏 이것이던가.' 하고 그동안 얼마나 가슴을 쳐왔는데….

교사로서 첫 발령지였던 산인초등학교! 사람은 누구에게나 통고의 시간이 주어지게 마련이다. 다만 그 어둠속에서 자신을 굳건히 지켜낼 때 삶은 아름답게 빛날 것이다. 그 아픈 추억을 뒤로하고 달려오는 열차에 몸을 실었다.

새 임지는 별천지였다. 수목과 교사(校舍)가 어우러져 아늑하였고, 운동장엔 학생들로 넘쳐나고 있었다. 연구 지정학교답게 선생님들은 경쟁하듯 수업과 연구에 매진하고 있었으니 언뜻 보기에도 활력이 넘쳐났다. 사친회비도 톡톡히 주어 호주머니도 불룩해지고. 잦은 학부형의 초청으로 푸짐한 대접을 받기도 하고, 퇴근 후에는 선생들끼리 삼삼오오 모여 자주 술자리를 가지며 시간 가는 줄 몰랐다. 짧은 세월임에도 어느새 이 호사에 슬그머니 빨려들고 있었다.

그러던 어느 날 '큰물에서 놀라'던 여선생님의 당부가 번개처럼 머리를 내리쳤다. 정신이 번쩍 들었다. 눈치 볼 필요도 없이 서둘러 마음을 정리하여 학교에 사표를 던졌다. 당연히 치러야 할 *교사의무연한을 채우지 못한 채 대학에 진학했다.

잠시 근무했을 뿐인데 선생님들은 교직을 떠나는 아쉬움에 사흘 동안이나 붙들고 전별연을 베풀어주었다. 동료애가 참으로 남달랐다. 비록 교직에서는 실패했지만 큰물에서는 성공하리라는 각오를 다지며 뒤돌아보지 않고 가야초등학교의 교문을 나섰다.

그 후 그리 오래지 않아 여선생님의 소식을 들었다. 세상을 하직했다는 믿기지 않은 비보였다. 나를 흔들어 깨워주신 분, 비록 짧았던 인연이나 긴 여운이 남는 여인. 당신의 훈계를 한참 실천에 옮겨가고 있는데 좀 더 지켜보지 않고 그렇게 가시다니, 이제는 누가 있어 나를 지켜봐줄 것인가 하고 애석해했다.

젊은 시절 불확실한 미래에 대한 두려움을 이겨내며 성공을 위해 달려갔던 비장함은 어느새 무력한 노년을 맞고 있으니, 여선생님의 뜻에 부응하지 못한 삶이 부끄러울 뿐이다. 당신이 좀 더 살아계셨다면 내가 큰물에서의 성공적인 삶을 이룩할 수도 있었을 것이 아닌가 하고 원망도 해본다.

영혼의 그림자가 짙게 드리워 있는 간이역, 지금은 그 '산인역'에 기차도 쉬지 않고 그냥 지나칠 것이다. 폐쇄된 간이역이라 해도 추억마저 앗아간 것은 아니다. 나는 지금도 옛날의 시골길을 그와 함께 걷고 있다.

까마득한 1952~1953년의 일인데도 막 가슴이 젖어온다.

* 교사의무연한이란 사범학교 재학생들에게 관비(官費)라는 이름
  으로 일정액이 지급되었다. 극히 소액인데다 수업료에서 공제
  해버려, 금품을 받는다는 인식이 거의 없었다. 그것을 빌미로
  학교 졸업 후 3년의 교직의무연한을 두어 이를 이수하지 않으면
  사범대학 이외는 대학 입학원서를 써주지 않았다. 부득이 편법
  을 써서 대학에 들어가기도 했다.

어느 기자의 예언

진주시에서 공무원으로 일할 때였다. 지방신문에 실린 나의 프로필 말미에 '화초 가꾸기'가 취미라고 쓰여 있었다. 나는 그 기사를 읽으며 절로 쓴웃음이 났다.

이사를 했을 때나 집을 방문하는 손님들이 화분이나 분재를 가져오기도 하는데, 화초를 가꿀 줄 몰라 아까운 나무를 썩히는가 하면 말려 죽이는 경우가 허다했다. 수형이 잘 잡힌 몸집 굵은 분재는 건강하게 자라리라 믿었는데, 꽃나무보다 더 빨리 시들해지는 과정을 지켜보며 참으로 덩치 값을 못하는 놈이라며 혀를 차기도 했다. 이렇게 쩔쩔매는 내게 화초 가꾸기가 취미라니 엉터리도 이쯤되면 덧붙일 말이 없어진다.

　그동안 내가 정성들여 가꾸어온 아잘레아 나무에는 지금도 꽃이 만발하다. 이맘때면 상사화(相思花)처럼 잎이 숨어버려 나무에다 꽃을 쏟아 부은 듯 그 자체가 꽃밭이다. 요즘처럼 눈 덮인 겨울 한복판에 활짝 핀 붉은 꽃을 본다는 것이 꽤나 신기한 듯, 그걸 보는 사람들마다 내 솜씨에 감탄한다. 집을 찾는 아이들도 화초밭을 보며 아버지는 어쩜 사시사철 꽃을 피워낼 수 있느냐며 아예 원예전문가로 치켜세운다. 여전히 화초에는 문외한이지만 나는 그 호칭을 굳이 사양하지 않는다. 주위에서 잘한다는 칭찬을 들으며 언제부터인지 화초 가꾸는 것이 내 취미가 되어버렸다.

　이 집에 처음 이사 왔을 때다. 친지가 가져온 아잘레아가 당초 어떤 꽃이었는지 기억나지 않는 걸 보면 다른 화초에 묻혀 눈에 띄지 않았던 모양이다. 한 이삼 년 지났을까. 이른 봄, 느닷없이 빨간 꽃이 소담하게 피어난 것을 보고 나는 가벼운 탄성을 질렀다. 색깔이 예뻐서도 흥분되었지만, 누구도 돌보지 않았는데 홀로 피어났으니 얼마나 신기하고 기특한지. 주인이 자신을 몰라주니 꽃이 스스로 존재감을 일깨워주는 모양이다. 그제야 정신을 차려 아잘레아에 관심을 갖고 사랑을 쏟았다.

아침에 일어나면 커튼을 열어젖히며 먼저 꽃과 인사를 나눈다. 어떤 때는 소리 내어 인사하기도 하고, 그냥 속삭일 때도 있다. 이렇듯 매일같이 정을 주다보니 은연중 서로가 친밀해지고 있음을 감지할 수 있다. 인간이 세상을 살아가면서 사랑해야 할 대상은 비단 사람만은 아니지 않은가. 모든 생물에게 따뜻한 눈으로 다가선다면 세상에 외롭게 존재하는 생명은 없어지리라.

이따금 꽃이 소곳이 말을 걸어올 때면, 여름에는 차양으로 볕을 가려주고 겨울밤이면 꽃나무를 거실에 들여 놓는다. 아침저녁으로 무거운 화분을 옮기다가 허리를 삐었다는 사람들을 많이 본다. 그런 어려움을 이겨내지 못하면 제대로 된 꽃을 피워낼 수 없다. 그 노고에 꽃은 사람보다 더 성실히 보답해 주니까.

가끔 먼 여행길에 오를 때면 화초로 인해 무척 고민한다. 처음에는 남에게 맡겨 물을 주게 했으나 번거롭기도 하고 무어든 내 손으로 키워내야 한다는 의지로 기어이 그 해결책을 찾아냈다. 물을 넣은 비닐주머니에 바늘구멍을 뚫어 행거에 매달아 물이 간간히 떨어지도록 장치한 것이다. 마치 의사가 환자의 생명을 소생시키기 위해 링거로 영양제를 수급하듯, 원예사도 똑같은 사명감으로 그 역할을 다한다. 한 방울 한 방울이 나무에게는 생명수가 아닌가. 어느 해 여름, 열흘 남짓 여행을 마치고 돌아왔다. 꽃은 아무 고생도 안 했다며 함박웃음으로 나를 반겼다. 혹시 갈증이 나지 않았을까하고 법정스님의 '난'처럼 내내 마음이 조마조마했는데, 얼마나 반갑던지 여독이 확 날아 가버렸다.

한번은 오랫동안 흙을 갈아주지 못해 지력(地力)이 약해진 것 같아 업자에게 분갈이를 맡겼더니 웬걸, 멀쩡하던 아잘레아가 시름시름 시들해지는 게 아닌가. 가슴이 타들어갔다. 그 원인을 몰라 안절부절 못하면서도 하는 일이라고는 그저 나무의 상태나 살피며 마음 떠난 애인 손잡듯 붙들고 애원할 뿐이었다. 지성이면 감천이라 했던가. 아무래도 정인(情人) 곁을 떠날 수 없었던지 한 열흘이 지나면서 조금씩 회복의 기미가 보이기 시작했다. 생명의 소생을 가까이에서 지켜보는 그 기쁨과 감격이란!

기자는 예언자였을까. 그분은 내게 별다른 취미가 없어 보였던지 일반사람들이 선호하는 고상한 걸 하나 골라 적당히 지면을 메운 것일 터. 나는 그동안 화초 가꾸기가 취미라는 기사를 한 번도 머리에 떠올려 본 적이 없었는데, 그것이 보이지 않는 힘이 되었을까. 지금은 하루도 꽃 가꾸기에서 벗어나 생활할 수 없게 되었으니 그것이 어떤 계시가 아니었을까.

원래 예언이란 아무렇지 않게 툭 던진 한마디가 용케 들어맞는 우연의 일치 같은 것이 아닌가. 필연 같은 인연도 약속이 전제되어 있는 것이 아니라 우연처럼 운명처럼 다가오는 것이거늘.

결국 그 기자님은 내게 화초와의 인연을 맺어준 길잡이였나 보다.

반세기 만에 얻어낸 화답

　　우리나라를 찾은 재미교포에게 고국에 온 소감을 물었더니
엉뚱하게도 화장실이 엄청 좋아졌다며 감탄해 마지않았다. 눈
부시게 변한 것이 한두 가지가 아닌데, 기껏 화장실 이야기냐
싶어 다소 어리둥절했다. 하지만 곰곰이 새겨 보니 그분에게
는 크게 마음에 와 닿는 뭐가 있어서일 것이란 생각이 들면서
불현듯 옛 시절의 에피소드 하나가 떠올랐다.

　　중고등학교 때, 나는 국민계몽 웅변대회에 참가하여 "국민
여러분! 한 국가의 문화 수준을 알려면 그 나라의 공중변소를
보라고 했습니다. …… 지금 우리의 형편이 이러하니 언제쯤
이면 문화 국민으로서의 변소를 갖추게 될까요?"라며 '청결'을

강조한 적이 있었다.

당시 우리나라는 후진국 중에서도 거의 꼴찌였으니, 공중화장실의 실상이야 밀할 나위도 없었다. 오수가 흘러 넘쳐 발을 들여놓을 수 없었고 냄새가 코를 찔렀다. 얼굴을 찌푸리며 화장실에 들어갔다가 제대로 용무를 보지 못한 채 서둘러 빠져나오곤 했다. 그나마 공중화장실이 없는 곳에서는 노상방뇨(路上放尿)마저 서슴지 않았으니 으슥한 곳을 거닐다가 낭패를 당하는 경우도 허다했다.

언젠가 산동네에 살던 지인이 술 한잔하면 신세타령처럼 하는 말이 있었는데, 화장실에 관한 이야기였다. 집집마다 식구들은 북적거리는데 다닥다닥 붙은 판잣집이다보니 많은 세대가 화장실을 갖지 못한 실정이었다. 그러니 아침이면 공동변소 앞에 긴 줄이 늘어선다. 미리 선 가족 옆으로 다가가 끼려다 뒷사람과 옥신각신 실랑이가 벌어지기 일쑤다. 배탈 난 사람이 급해 발을 동동 구르며 하소연해도 요지부동. 결국 선 채로 실례해 버린다고 한다. 더욱 난처한 것은 변소에 들어가 있는 사람에게 빨리 나오라며 밖에서 윽박지르는 통에 나오던 변이 도로 들어갈 지경이라니.

삶이 팍팍하니 한 치의 양보도 마음의 여유도 없었던 그들.

어디 대놓고 하소연할 곳도 없어 눈앞에 보이는 애먼 이웃에 한풀이하며 하루해를 보낸다는 것이다. 그토록 각박한 사람들 앞에서 '깨끗한 화장실 만들기'란 구호는 아예 남의 이야기일 수밖에 없었다.

이제는 그늘졌던 그곳에도 양지바른 아파트가 들어서 깔끔한 화장실을 갖게 되었으니 참으로 반가운 일이다. 하지만 화장실로 인하여 고생하며 그 난리를 치르던 사람들 중에는 혜택도 누리지 못하고 일찌감치 밀려난 사람이 적지 않을 것이라 생각하니 가슴이 아리다.

나는 요즘 고속도로 휴게소의 화장실을 찾았다가 눈이 휘둥그레졌다. 단지 청결해서만이 아니다. 화장실이 여러 구역으로 나뉘어져 있어 조용하고 아늑할 뿐 아니라, 자연채광으로 중앙에 정원을 꾸며놓고 있었다. 화장실과 꽃밭과의 만남, 그 큰 간극을 조화롭게 메우고 있는 광경은 아름다움의 극치이지 않은가. 한꺼번에 몰려드는 승객을 방방이 걸러주고, 나와서는 꽃밭 앞에서 걸음을 멈추게 하는 배려야말로 인간의 고귀함과 사람에 대한 존엄을 확인시켜 주는 것이어서 마음이 흡족했다.

북한산 공원에도 주변 자연과 잘 어우러진 목재건물 안으로 들어서면 바로 경쾌한 멜로디가 흘러나온다. 이제는 화장실이 단순히 깨끗하고 쾌적해야 한다는 개념을 넘어 격조 높은 문화 공간으로 자리 잡고 있음을 말해주고 있다.

아프리카 대륙에서는 아직도 많은 사람들이 야외나 노출된 공간에서 거리낌 없이 용변을 본다. 특히 이슬람 국가 가운데는 공중화장실이 없는 곳이 많아 남성들의 용변에도 불편이 이만저만이 아니다. 그러니 부르카로 얼굴을 가리고 다니는 무슬림 여성들은 얼마나 곤욕스러울까.

불과 몇 년 전만 해도 중국의 화장실은 칸막이라는 게 낮은 문턱일 뿐, 앞문은 아예 달려있지도 않아 당황스럽기 그지없었다. 나는 황망히 발길을 돌렸으나 현지인들은 태연스럽게 앉아 옆 사람과 이야기를 나누며 긴 용변시간을 보낸다니 참으로 신기하게 느껴졌다. 단순히 문화적인 차이에 불과한 것일까. 후진국가에서는 화장실이야말로 조속히 해결해야 할 과제가 아닐 수 없다.

우리도 옛날에는 화장실이 열악하기 그지없었다. 지금은 이토록 아름다운 공간에서 클래식음악을 들으며 쾌적하게 사용할 수 있으니 이런 호사를 감히 상상이나 하였으랴. 그야말로 상전벽해(桑田碧海)가 아닌가.

중고등학교 시절, 나는 왜 하필 불결의 대명사인 공중화장
실 문제를 거론하였을까. 그 당시 청중들은 내 웅변에 얼마만
큼 공감했을까. 재미동포의 화장실 이야기에 내가 잠시 당혹
스러웠던 것처럼 무슨 뚱딴지같은 소리냐고 속으로 퇴박이나
주지 않았는지.

하지만 다시 생각해 보면 나는 엉뚱한 이야기 속에 너무도
중요하고 절실한 문제를 제기했던 셈이다. 공중화장실이야말
로 그 국가의 문화수준을 가늠하는 척도가 아닌가.

그 옛날 내가 던진, "우리는 언제쯤이면…" 하는 물음에 대
하여 한 재미교포가 최근 어느 공식석상에서 자신에 찬 목소리
로 답해 주었다.

"지금 대한민국은 세계에서 제일 깨끗한 화장실을 가진 나
라가 되었습니다."

참으로 반세기가 지나서야 얻어낸 분명한 화답이다.

명함

　오래된 명함을 정리하다 앞뒤로 잔뜩 늘어놓은 어떤 사람의 이력을 보며 눈살을 찌푸린다.

　무엇을 그렇게 내보이고 싶은 걸까.

　제대로 읽어 줄 사람도 없는데….

　명함은 거울에 비친 자기 자신이 아닌가.

　언젠가 일본 출장길에 주점에서 여종업원으로부터 받은 명함 한 장. 자그마한 사이즈에 모서리를 둥글려 한결 부드러워 보였다.

　나까시마 하나꼬(中島花子)라는 이름에 빨간 꽃 한 송이 놓여 있는 가식도 자기 비하도 없었다.

　명함을 한참 들여다보다가 얼굴을 들었더니 그 여인, 미소 짓고 서 있지 않는가.

　그 얼굴과 명함이 꼭 닮았다.

　자신을 있는 그대로 표현한 게 이렇게 아름다운 것이거늘.

영화 〈친구〉를 보고

　초등학교 때부터 쭉 친구로 지내온 그들은 고교 때 대수롭지 않은 일로 선생님으로부터 지독하게 얻어맞는다. 그 길로 준석이는 학교를 뛰쳐나와 일찌감치 깡패가 되었고, 한동안 방황하던 동수도 뒤늦게 조폭(組暴)에 가담하기로 결심한다. 조폭의 생리를 잘 아는 준석이는 극구 만류하지만, 동수는 설마 장의사 직(職) 이어받기보다 못하겠냐며 이를 뿌리친다. 그 뒤 동수는 비참하게 살해되고 준석이는 살인교사 혐의로 수감된다. 상택이는 모범생으로 외국 유학을 마치고 귀국해 이 광경을 목도하고는 참담한 심경을 가누지 못한다.

　살인사건의 재판이 열린 법정에서 재판장이 묻는다.

“한동수를 알고 있나?”

“네. 친구입니다.”

“살해를 지시한 적이 있는가?”

잠시 침묵이 흐른다. 모두 숨죽이며 그의 입만 바라보고 있었다.

“제가 지시했습니다.”

너무 엉뚱한 대답에 모두 심장이 멎는 듯했다. 재판 전에 준석이를 면회한 동수의 아버지마저 “너도 어차피 내 자식 같은 놈인데, 네가 동수를 그랬을 거라고 생각하지 않는다.”며 피할 길을 터주었는데도 말이다.

상택이는 곧바로 구치소로 준석이를 찾아가 “니 왜 그랬노, 동수한테 미안해서 그랬나?” 하고 다잡자, 계면쩍은 듯, “쪽팔린다 아이가.” 한다.

건달이 구차하게 변명 따위나 늘어놓는 것은 친구에 대한 의리가 아니라고 생각한 모양이다. 죽이라고 지시하지는 않았으나 라이벌 관계에 있는 조폭끼리의 싸움에서 빚어진 참사라 도의적 책임을 느꼈을 것이다. 하지만 남에게 피해를 주는 것도 아닌데, 스스로 살인죄를 뒤집어쓸 필요까지 있었을까.

친구를 죽음에까지 몰아넣을 수 있는 비정한 조폭의 세계.

그동안 저지른 죗값을 치르고 새 삶을 찾고자 하는 자기 성찰까지 통틀어 친구에 대한 의리로 표현한 것이 아니었을까. 예로부터 신의(信義)가 도덕의 잣대였다. 그래서 의리에 죽고 산다는 말까지 있지 않은가.

누구에게나 친구가 있기 마련이다. 친구란 언제 만나도 반갑고, 어려울 때 서로 힘이 되어주는 소중한 존재이다. 그런 친구가 셋만 있으면 행복한 사람이라고들 한다. 그럼 나에게는 그만한 친구가 몇이나 될까. 아니 한 사람이라도 있기나 한 걸까.

젊을 때는 꽤 많았던 것 같은데 지금은 주위를 둘러보아도 딱히 이 친구다 하고 내세울만한 얼굴이 떠오르지 않는다. 어릴 때는 선친으로부터 '붕우유신(朋友有信)'을 귀가 따갑도록 들어왔고, 사회에 나와서는 평생 사람들 속에서 살아왔는데도 당장 자신 있게 손꼽을 친구가 없다니, 살아온 인생이 새삼 서글퍼진다. 왜 나는 세상을 이렇게 헛되게 살아왔을까.

그러나 오늘날처럼 자기 이익만을 앞세우는 사회 환경에서 나만 그런 건 아닐 거라는 생각을 해본다. 이런 세태를 반영이라도 하듯 요즘은 진실한 친구 한 사람이면 족하다는 말도 나온다. 그렇다면 내게도 그런 친구 한 사람쯤은 있어야겠는데,

이런 친구라면 어떨까.

어떤 술자리에서다. 옆 손님이 술기운에 어찌나 못되게 굴던지 좀 자중하라고 소리를 질렀더니 "너 따위가 뭔데!" 하며 버럭 주먹을 쥐며 달려들지 않는가. 나는 맞붙기보다 들고 있던 술잔을 집어던지며 상을 뒤엎어 버렸다. 단번에 술자리는 난장판이 되어버렸고, 그 서슬에 맥주병이 깨지면서 아가씨 목에 파편이 박혀 선혈이 흘러내렸다. 나는 겁이 나 어쩔 줄 모르고 있었는데, 친구는 침착함을 잃지 않고 재빨리 내게 피하라는 눈짓을 했다. 내가 일으킨 일이기에 아무래도 낭패를 당할 것이라는 배려였으리라. 친구의 기지로 나는 난처한 상황에서 벗어날 수 있었고, 그는 뒷수습까지 말끔히 해주었다.

이만한 친구를 가졌다는 것이 얼마나 자랑스러운 일인가. 한데 몇 해 전, 그 친구를 떠나보내고 나니 적막하기 이를 데 없다. 다정하고 호탕한 그 웃음을 다시 들을 수 없으니, 그의 부재(不在)가 허탈할 뿐이다.

어릴 적 학교 다닐 때는 구태여 친구를 사귀려 애쓰지 않아도 또래의 친구들이 저절로 생겨났다. 그리고 그 친구들은 아무런 이해관계 없이 오래도록 순수한 관계를 유지할 수 있었다. 그런데 사회인이 되고 각계각층의 다양한 친구들이 생겨

나면서 경제력이나 학력, 사회적 지위 같은 것이 묘하게 옛 친구들 사이를 갈라놓기도 한다.

동창끼리 만나 처음에는 학창시절 얘기로 웃음꽃을 피우다가도 술이 거나하게 취하면 어느새 사회적 우열이 드러나는 경우가 있다. 한 교실에서 같은 교복을 입고 비슷한 생각을 하던 시절로 되돌리기에는 살아온 이력이 제각각인 데다, 살아갈 앞날도 다르기 때문일 것이다. 어느 때보다 친구가 더없이 절실한 시기인데도 속내를 드러내며 마음을 나눌 수 있는 친구는 자꾸만 줄어들고 있으니, 세상 돌아가는 이치에 심한 허탈감을 느낀다.

그런데 영화 속의 상택이와 준석이는 성장배경, 학벌, 사고방식, 진로와 생활환경이 완전히 다른데도 이해관계를 초월하여 어떠한 어려움도 우정으로 풀어낸다. 두 사람이 놓인 처지는 달라도 진심어린 마음으로 하나를 이루고 있었다. 이 영화는 조폭으로 부딪치게 된 살인자와 피해자의 관계에 더 무게를 두고 있는 듯하지만, 내 눈에는 학창시절을 함께하며 일관되게 우정을 다져온 준석이와 상택이의 잔잔한 의리가 더 돋보였다.

미국사회의 한 단면

뉴욕 시내의 어느 우체국 앞.

크리스마스와 연말연시를 앞두고 긴 행렬이 늘어섰다. 떨어져 있는 가족과 친지 그리고 친구와 연인들에게 보내기 위해 정성스런 카드와 선물을 잔뜩 들고 서 있다. 이렇듯 주변 사람을 보살피려는 따뜻한 풍경이 차가운 날씨를 녹이고 있었다. 설레는 마음에 지루한 줄 모르고 줄을 서서 차례를 기다리고 있는 것이다.

그런데 빨간 망토(manteau)를 입은 어여쁜 여인이 뚜벅뚜벅 걸어와 행렬의 중간에 선 사람과 몇 마디 얘기를 나누더니 슬그머니 끼어드는 게 아닌가. 그 광경을 보고 어느 누구도 제지

하지 않고 멍하니 쳐다만 보고 있다. 일등국가라는 문명사회에서도 미인에게는 꼼짝 못한다는 생각에 실망을 감추지 못했다.

미국에 유학한 어느 선배에게 들은 이야기다.

60년대 초반의 일이니 우리나라의 줄서기 문화야 이루 말할 나위도 없을 때다. 시내의 버스 정류장에는 줄도 없이 무리를 이뤄 서 있다가 버스가 오면 우르르 몰려들어 단번에 아수라장이 된다. 겨우 줄을 서 있다가도 버스가 제자리에 서지 않으면 줄은 순식간에 무너지고 서로 밀치면서 먼저 달려드는 사람이 임자 되기 일쑤다. 노인이나 부녀자는 그냥 가장자리를 맴돌고 있을 뿐이다. 버스는 늘 만원이라 한번 놓치면 언제 올지 모르는 판국에 남을 제치고서라도 어떻게든 차에 올라야만 했다. 그러다보면 녹초되기 십상이다. 60~70년대 우리사회의 한 단면이다.

새치기에 대해서 우리나라 사람들은 비교적 관대한 편이다. 너나없이 끼어들기 선수다보니 누가 누구를 나무랄 수 없기 때문이리라. 새치기가 적발되어도 뒤로 쫓겨 가는 게 고작인데 그것도 억울한지, 남들은 탈도 없는데 나만 재수 없이 걸렸다며 투덜댄다. 나 또한 옛날에는 줄서기가 왜 그리 싫었는지.

새치기 잘하는 것도 능력이라는 속물근성에서 벗어나지 못하
고 있었으니 남의 말할 처지가 아니다.

우리나라에서는 올림픽을 계기로 기초질서운동을 벌인 결
과 국민의 호응이 높아 지금은 줄서기가 어느 정도 궤도에 올
랐다. 특히 은행의 대기번호표는 과히 혁명적이다. 편하게 앉
아서 기다릴 수 있고, 끼어들기를 원천적으로 봉쇄해 버렸으
니.

하지만 같은 번호표를 발부하는 곳에서도 병원에 예약이 밀
렸을 때나 성수기의 기차표, 항공권 매표에는 눈에 보이지 않
은 새치기가 잔존하고 있음을 숨길 수 없다.

오늘날은 자가용 시대에 접어들면서 차들의 끼어들기나 과
속, 신호위반 등으로 문명의 이기가 사람의 생명을 앗아가고
있다. 나는 비교적 일찍 면허증을 취득했다. 그때의 생각으로
는 앞으로 자가용이나 여성운전자가 늘어나면 자연스레 자가
용 중심의 교통질서가 굳건히 정착할 것으로 믿었다. 생계와
직결되어 과속하는 택시운전자와는 달리, 안전이 우선되고 여
성 운전자 역시 여성의 특성상 몸을 사릴 것이라 생각하였다.
그런데 그 기대는 환상이었다. 끼어들거나 앞질러 가려는 운
전자의 욕심은 남녀라고 하여 하등 차이가 없었다.

자동차 운전은 생명이 담보된 만큼 특단의 자제와 수양이 필요한데도 그 뻔한 원리를 외면하니 자고나면 교통사고 소식이다. 왜들 그렇게 생명을 경시하는지, 국가와 사회는 왜 이를 등한시 하는지 알 수가 없다. 현대사회에서는 올바른 자동차 문화의 정착이 무엇보다 더 시급한 과제이다.

최근 미국에서 온 교포는 뜻밖에도 서울의 자동차 흐름이 매끄럽다며 칭찬을 아끼지 않는다. 옛날 자기가 서울 살 때는, 운전 중 갑자기 좁아지는 터널 앞에 이르면 먼저 끼어들려는 차들로 좀처럼 빠져나가지 못했다. 접촉사고가 나면 차를 세워놓고 싸우느라 옆 사람의 사정은 전혀 의식하지 않았다는 것이다.

지금은 서로 양보하며 한 대씩 차례로 터널을 시원스럽게 빠져가는 모습을 보니 무척 흐뭇하다는 것이다. 나는 별 느낌 없이 살고 있는데 듣고 보니 질서가 잡혀가고 있는 것은 틀림없어 보인다. 더 나아졌으면 하는 바람이나 옛날에 비하면 장족의 발전 아닌가.

갑자기 빨간 망또를 입은 그 미인의 소식이 궁금해진다. 미국사람들은 생각하는 차원이 좀 다른 것 같다. 새치기 당시는 잠자코 있다가 그 여인이 창구에 이르자, 약속이나 한 듯이 모두들 나서서 한 목소리로 항의하는 바람에 결국 그 여인은 접수를 못하고 군소리 없이 뒤로 쫓겨났다. 기다리고 서 있었던 만큼 손해를 본 것이다.

자율조절 능력이 얼마나 성숙하고 단호한가. 반칙이 있으면 반드시 불이익이 뒤따라야만 사회가 바로 선다는 시민의식이 깊숙이 자리 잡고 있는 미국사회가 부럽다. 법적 강제력에 앞서 지켜야할 것이 도덕적 규범이 아닌가.

만약 우리나라에서 그런 일이 있었다면 어떻게 귀결되었을까 꽤 궁금해진다.

아버지, 이제는 용서하시지요

선친은 한학에 능하셨다. 고서(古書)나 한시(漢詩)를 즐겨 읽으시고 중요한 자료는 기록하였으며, 그 기록은 언제나 모필(毛筆)로 하셨다. 정초가 되면 이웃이나 친지들이 토정비결을 보러 찾아 들었고, 어른들이 모인 곳에서는 중국의 고사(古事)나 역사의 비화를 재미있게 엮어 그 자리를 훈훈하게 하셨다. 아버지의 높은 학문과 해박한 지식은 문맹자가 많았던 시절이기에 주위 사람들로부터 존경을 받았고, 어린 내게 이런 아버지가 위대한 존재로 비쳐졌다.

선친은 유교정신이 깊었지만 별로 격식에 구애받지 않으셨다. 그것은 제례(祭禮) 의식에서도 잘 나타났는데, 도포를 입고

축문을 읽어야 한다든지, 자리의 서열을 고수해야 한다고는 고집하지 않으셨다. 제물을 차리는데도 허례허식에 치우침이 없이, 청주 한 잔이라도 정성 드려 올리며 조상을 높이 받드는 것을 제례의 근본으로 삼으셨다.

너울거리는 향불 속에 엄숙한 제례 중에는 모두가 말을 삼갔다. 아버지는 무거운 분위기를 녹이려는 듯 때로는 집안의 내력이나 조상에 관한 숨은 이야기를 들려주셨고, 나는 호기심을 가지고 조용히 경청했다. 그러던 어느 제삿날, 당신께서 제상 위의 어느 한 곳을 응시하시더니 느닷없이 내게 질문을 던졌다.

"저기 있는 도다리의 눈이 왜 사팔뜨기인지 아느냐?"

지금 같았으면 그 질문에 뭐라고 답하였을까. 바다 오염으로 생태계가 파괴되어 물고기가 기형화된 현상일 것이라며 제법 똑똑한 대답을 했을지 모른다. 하지만 중학교 시절인지라 그때는 공해 문제가 거론된 바 없으니 수수께끼 같은 질문에 그만 모르겠다고 답할 수밖에 없었다. 평소에 대답을 잘 못하면 야단을 맞곤 하였는데, 그때 꾸지람을 하지 않으셨던 것은 애당초 정확한 답을 기대하지 않았기 때문일 것이다.

도다리는 전생(前生)에 사람이었는데, 부모에게 잘못을 저질러 이를 꾸짖자 부모님의 등 뒤에서 눈을 흘겼다는 것이다. 그 불효를 저지른 죄로 죽어서 평생 눈을 바로 볼 수 없는 물고기로 환생(還生)한 것이라는 이야기였다.

이야기가 조금 황당하게 생각되어 나는 무심코 "그럼, 지금 사람들은 죽어서 모두 도다리가 되겠네요." 하고 내뱉고 말았다. 그 순간 아버지는 어이가 없는 듯 탄식을 하시더니 "그럼 네놈도 이 아비에게 눈을 흘겨왔단 말이냐?" 하고 매섭게 야단치셨다. 거듭되는 꾸중에 제례의 분위기는 싸늘해졌고, 나는 제삿밥의 성찬에도 참여하지 못했다. 제사 모시는 정성보다 제삿밥에 더 군침을 흘리던 어린 시절이 아니던가. 눈앞에 차려진 음식을 못 먹게 된 서러움에 나는 이불을 뒤집어쓰고 눈물만 흘렸다.

하긴 당신에게는 내가 우리 집안의 큰 희망이었다. 초등학교에 입학하기 전부터 서둘러 한글과 구구단을 외우게 하였고, 천자문과 추구(推句)를 열심히 가르치셨다. 덕분에 나는 흥미를 갖고 책을 가까이하였으며, 머리가 그리 나쁘지 않았던지 학업 성적이 좋은 편이었다. 잇달아 급장도 하고 상장도 많이 타왔다. 그러니 팔불출이라는 말을 모를 리 없는 당신이었건만 남에게 자식 자랑하기에 여념이 없었다.

그렇게 흡족해 하던 자식이 기대를 저버렸으니 가슴이 무너지는 아픔을 느끼셨던 것이다. 아버지는 내게 공부에 대한 기대뿐 아니라 '효자'라고도 철석같이 믿고 계셨다.

자식을 제대로 가르치기 위해서는 엄해야 한다는 시절이었음에도 선친께서는 남몰래 가끔 내 머리를 쓰다듬으시며 깊은 애정을 드러내셨다. 그런데 왜 그런지 나는 아버지에 대해 조금도 정을 느끼지 못했다. 부자간이란 엄연한 혈연인데도 아버지가 너무나 지엄한 존재였기에 늘 먼 곳에 계셨던 것 같다. 그러다 보니 자식으로서의 도리를 흉내만 냈을 뿐, 나는 아버지가 생각하시는 그런 효자가 아니었다. 베푸는 애정을 받아들이지 못하고 빗나가고 있었으니, 이는 '도다리의 눈 흘김'보다 더 큰 불효이지 않은가.

선친께서는 말년에 가산을 탕진하고 몹시 심약해지셨다. 두문불출(杜門不出)하시고 자식에 대한 기대마저 접고 계셨으니 이는 곧 세상 사는 의미를 상실한 것이리라. 아들의 외면을 받으면서도 끝내 자식에 대한 불만을 내색하지 않으신 아버지! 어느 모진 겨울 동짓달, 이순(耳順)의 고비를 넘기지 못하고 숨을 거두셨다. 숱한 영욕을 가슴에 묻은 채 가셨으니 어찌 눈인들 감으셨으리.

　세월이란 이토록 덧없는 것이던가. 오랜 세월 속에 불효자는 그때의 아버지보다 훨씬 더 나이를 먹었다. 솔직히 어린 시절 내가 무엇을 잘못하였는지, 당신께서 왜 그토록 화를 내시는지 이해하지 못했다.

　오랫동안 그런 사실조차 까맣게 잊고 지내오다가 어느 제례에서 문득 도다리에 얽힌 기억과 함께 낙담하시던 당신의 모습이 떠올랐다. 순간 눈물이 왈칵 쏟아지며 가슴이 미어져 왔다. 회한의 눈물은 기어이 옷깃을 적셨다. 소리 내어 울어도 시원치가 않았다. 왜 이토록 늦게 철이 드는 건지. 그때 아버지의 깊은 뜻과 자식의 도리를 조금이라도 읽을 수 있었다면 지금 이토록 후회스럽지 않았을 것을…. 지금 아무리 머리를 조아린들 무슨 소용이 있으랴.

　도다리의 일화는 불교에서의 윤회(輪廻)설과 인과응보의 사상에서 연유한 것이던가. 불가(佛家)에서의 가르침은 자기 잘못을 진심으로 뉘우치고 지극 정성으로 빌면 모든 죄를 용서받는다고 한다.

　아버지! 이제는 마음을 푸시고 저의 불효를 용서하시지요.

외갓집

공중으로 솟아오르는 것이 보기에도 아찔한데 즐거운 비명을 지른다. 현기증이 나도록 어지러이 돌아가면서도 연신 웃음을 그칠 줄 모른다. 놀이동산엔 스릴 넘치는 오락기구가 발길 닿는 곳마다 놓여있으니, 말 그대로 어린이 천국이다.

아내와 나는 외손자들을 위하여 뙤약볕에서 긴 줄을 대신 서주기도 하고, 입장시켜 놓고 밖에서 즐거이 기다리기도 한다. 때로는 놀이기구에 함께 타며 탄성을 합창하기도 하고. 땅거미가 드리울 때까지 집에 갈 줄 몰랐으니 아이들은 이토록 마음껏 놀아보기도 처음이라며 싱글벙글 한다. 손자 녀석들의 즐거워하는 모습을 보며 우리 내외는 지칠 줄도 모르고 덩달아 기분에 취한다.

옛날 같으면 어험 하고 앉아서 어른 대접이나 받고 있을 위치 아닌가. 그런 외할머니, 외할아버지를 아이들은 어떤 눈으로 바라보며 어느 만큼의 애정을 느끼고 있을까.

안타깝게도 요즘은 외갓집에 대한 정서가 점점 희미해지고 있는 듯하다. 나와 비슷한 세대의 사람들에게 외갓집이란, 농촌의 고즈넉한 풍경을 떠올리게 한다. 외갓집이 정겨운 것은 그 집안을 지키며 살아가는 외할아버지, 외할머니의 안온한 손자 사랑의 숨결이 스며 있기 때문이 아니던가.

우리의 어머니들은 출가외인이라는 엄한 법도 때문에, 혹은 고되게 사는 모습을 부모님께 보이고 싶지 않아 친정 나들이가 쉽지 않았다. 그래서 자식들을 전령사(傳令使)로 보내 친정부모에 대한 애정과 안부를 대신하였고, 부모들은 손자손녀를 딸 보듯 끌어안고 사랑을 쏟아내며 딸의 체취를 위안 삼았을 것이다. 아이들에겐 즐거운 외갓집이었으나 어머니에겐 정녕 친정이 없었던 셈이다.

세상은 빠르게 변했다. 산업화, 도시화는 가족제도를 붕괴시켰고, 핵가족화는 자기 자식밖에 모르는 사회풍조를 낳았다. 이는 부모자식 간에는 진한 사랑으로 밀착되고 있으나 조

부모와 손자의 관계는 멀어져갔다.

나는 사라져가는 외갓집의 정겨움을 자라나는 손자들에게 되살릴 수 없을까 하는 아쉬움을 갖게 되었다. 옛날처럼 한가로운 풍경을 간직한 외갓집 모습을 되찾기란 어려울 것이다. 그러나 혈육의 따뜻한 사랑을 듬뿍 쏟는다면 삭막하고 차가운 회색으로 둘러싸인 도시 아이들의 마음까지 푸근하게 녹여 줄 수 있을 것만 같다.

요즘은 남아선호사상이 바뀌어 딸이 아들보다 낫다는 인식이 퍼져 있다. 여성의 지위가 향상됨에 따른 당연한 귀결로, 딸이 친정을 자유롭게 드나들 수 있게 되었다. 딸을 셋씩이나 둔 나로선 큰 위로가 되고 얼마나 다행한 일인지 모른다. 하지만 딸이 친정과 가까워졌다고 조손(祖孫) 관계마저 회복된 것은 아니다. 아이들이 어머니와 함께 내왕하는 것으로는 뭔지 부족하다. 옛날처럼 손자와 여유롭게 앉아 오순도순 정을 나눌 분위기가 아닌 것이다.

나는 손자들과 어울리는 시간을 갖기 위해 아이들에게 외갓집을 방문하는 행사를 마련했다. 혼자 길을 익힐 수 있는 나이가 되면 여름방학 중에 외갓집을 찾도록 한 것이다. 그러니까 첫째와 둘째딸의 아들이 초등학교 육학년, 삼학년이 되던 때부터다. 부모의 손길에서 벗어나 스스로 지하철을 갈아타며 처음으로 긴 외출을 하게 했다. 시골사람의 서울 나들이만큼이나 어려운 걸음인지 모른다. 이듬해에는 셋째 딸의 여식이 합세하였다. 안양에서 몇 번이나 전화를 걸고 차를 갈아타며 땀을 뻘뻘 흘리면서 찾아왔다. 어찌나 대견하고 사랑스러운지, 나는 여느 때와 다른 느낌으로 그들을 맞았다.

손자들이 전에는 조금만 지루하면 집에 가자며 제 엄마를 졸라대었기에 꽤 신경이 쓰였다. 그런 아이들의 엄마 노릇까지 해야만 한다. 우선 지루하지 않고 외갓집에 정을 붙일 수 있도록 원하는 것은 웬만큼 다 들어주며 뭘 하고 놀든 간섭하지 않았다. 아이들은 평소 꽉 짜인 학습일정에 따라 엄마의 성화에 숨죽여 지내다가 마음 놓고 자유롭게 지낼 수 있으니 아주 신이 나는 모양이다. 자유는 어른보다 아이들이 더 좋아하는 것 같았다. 천진난만하게 노는 모습을 보며 차츰 안도하였다.

저녁식사는 외할머니가 평소 즐겨 만드는 요리와 저희들 엄마가 일러준 메뉴로 준비했다. 예로부터 한국의 손님 맞는 전통은 집에서 정성들여 만든 음식으로 대접하는 것이 예법이니, 아이들이라고 소홀하지 않았다.

　2박3일의 마지막 날은 근처에 있는 역사 유적지를 둘러보는 것으로 마무리했다. 그들은 이제 돌아갔다 썰물처럼. 내년에는 다시 몰려올 것이다 밀물처럼.

　손자 녀석을 보내놓고 나면 텅 빈 것처럼 마음이 허전하다. 좀 더 잘해 줄 것을 하는 아쉬움도 있으나 성의를 다했다는 뿌듯함도 남는다. 손자들이 제집에 도착하면 딸들로부터 전화가 바쁘게 날아온다. 자식을 정성으로 보살펴주신 부모님께 감사드린다는 인사다. 아이들이 너무나 즐거워하더라는 말을 들으면 애들만큼이나 기분이 좋다.

　아내는 정초에 뜻밖의 제안을 해왔다. 다음 외갓집 방문 행사를 일본여행으로 하면 어떻겠냐는 것이다. 손자 사랑의 마음씨가 대단하다. 그러나 당장 경비도 마련해야 하고, 노령의 몸으로 세 아이들을 받들고(?) 다니며 해외여행을 시킨다는 것이 꽤 큰 부담으로 느껴졌다. 잠시 생각에 잠긴다. 나이가 들수록 내가 할 수 있는 일은 점점 줄어들게 마련이다. 다소 힘들더라도 아이들에게 외갓집에 대한 많은 추억꺼리를 심어 주고자하는 마음이 앞선다. 마음을 정하고 나니 손자 곁에 더 가까이 다가가고 싶은 의욕이 솟는다. 딸들에게 이 소식을 알리니 그들은 물론 사위들이 더 반기며 좋아한다.

이제부터 차분히 여행 계획을 짜야겠다. 벌써 마음이 설렌
다. 옛날 내가 지녔던 외갓집의 정겨움, 그 아련한 추억을 그
들에게 만들어 줄 수 있을는지….

어느 주례의 회고

"검은 머리가 파뿌리 되도록….."

주례사의 이런 명문구절은 이제 민속박물관에 보내야 할 유물일까. 당당하게 이혼하고 떳떳하게 재혼하는 풍조가 일면서 우리의 결혼관이 크게 흔들리고 있다. 세상을 어떻게 읽어야 할지, 급격한 세태의 변화에 혼란스럽다.

이십대 중반의 어느 초겨울, 논개의 절개가 서려 있는 고장에서 나는 아내와 백년가약을 맺었다. 주례 선생님은 존경받는 시인이었는데, 그분의 주례사는 열정이 넘쳐흘렀다. 정계(政界)에서도 활동하셨던 분이라 나라의 장래를 걱정하면서 자네와 같은 청년들이 앞장서서 국가를 바로잡아야 한다며 열변을 토했다. 지금 생각하면 주례사가 아니라 마치 애국사상 계몽 강연을 방불케 하는 자리였다. 그러나 시대가 시대인 만큼 그 주례사는 매우 감동적이었고 그에 매료된 나는 신랑 신분을 잠시 잊은 채, 장차 저런 훌륭한 주례가 되겠다는 다소 엉뚱한 다짐을 하고 있었다.

그런데 내가 첫 주례를 설 기회는 의외로 일찍 다가왔다. 40미만의 나이는 주례 서기에 너무 젊지 않은가. 나는 마치 혼례 날을 받아놓은 신랑만큼이나 가슴이 두근거렸다. 새 출발하는 그들에게 깊은 인상을 심어주기 위해, 가족의 소중함을 담은 좋은 문장을 여기저기서 옮겨 적기도 하고, 나 자신의 체험을 예로 들며 열심히 주례사를 만들던 기억이 난다.

여러 결혼식 가운데서도 가장 신경 쓰이는 주례는 뭐니 해도 친구 자녀의 결혼식이다. 결혼하여 잘살면 별 걱정 없으나 가정이 순탄하지 못하면 친구 얼굴 대하기가 여간 민망하지 않다. 아들 친구의 주례 역시 부담스럽기는 마찬가지다. 요즘 젊은이들이란 사소한 일에도 변덕이 심하고 인내심이 부족하다 보니 언제 어떤 상황이 벌어질지 마음이 조마조마해진다. 결혼 전에는 불같은 사랑을 나누며 떨어져서는 못산다던 선남선녀가 혼인하자마자 쉽게 헤어지는 풍조를 몸으로 느끼며 주례로서의 고민이 이만저만 아니다.

한번은 경찰간부의 각별한 부탁으로 전력(前歷)이 좀 특이한 신랑의 주례를 선 적이 있다. 과거에 소매치기 조직의 우두머리였는데 지금은 손을 씻고 새 출발한 사람이라고 했다. 처음엔 망설였으나 과거의 잘못을 반성하고 새 사람이 되겠다는 것이니 주위에서 도와줘야 함이 당연하지 않은가. 하지만 소매치기 전과자, 그것도 우두머리였다니 주례를 승낙해 놓고도 꺼림칙함을 감출 수 없었다.

어릴 때부터 선친께서 "세상에서 가장 몹쓸 인간은 남의 물건을 훔치는 놈"이라 했던 말씀이 자꾸 떠올랐다. 나의 의지와 상관없이 그런 사람들에 대한 혐오가 무의식 중에 가슴 깊이 깔려 있었던 터이다. 혹 나의 그릇된 편견이라면, 그런 선입견을 가려볼 겸 한 번 만나보기로 했다.

생각과는 달리 첫 인상이 매우 좋았다. 잘생긴 얼굴에다 예의 바르고 겸손하여 흠잡을 데가 없어 보였다. 저토록 선량한 얼굴로 행동거지가 단정한 사람이 어떻게 남의 주머니를 털 수 있었을까. 아마 피치 못할 사정이 있었을 것이라고 변호해 주고 싶은 생각마저 들었다.

결혼식 날, 가뿐한 마음으로 예식장으로 향했다. 벌써 식장

앞은 하객들로 들어차 있었는데, 한쪽에 검은 양복 차림의 건장한 젊은이들이 진을 치고 있지 않은가. 그들을 보는 순간 덜컥 겁이 났다. 그들과 떨어져나간 것에 불만을 품은 훼방꾼이 아닌가 하고. 그런데 장내가 조용한 것으로 보아 축하하러 온 것임이 틀림없는 듯했다. 이번에는 신랑의 신상에 대해 깊은 생각에 잠겼다. 사람의 본질을 바꾸기란 쉽지 않은 법이다. 더구나 범죄 단체에서 손을 씻으면 그들 조직의 생리로 보아 배신자로 낙인 찍혀 잔인한 보복을 당한다는데…. 그 깊은 수렁에서 온갖 위협과 회유를 물리친 용기야말로 얼마나 위대한 변신인가.

거기에 대한 보답이리라. 때맞추어 아름다운 신부를 맞아 새 둥지를 틀게 되었으니, 오늘의 결혼식이 얼마나 귀하고 성스러운 의식(儀式)인가. 나는 여태껏 느껴 보지 못한 짜릿한 감회를 맛보며 주례석에 서 있었다. 주례사에서 신랑의 과거 행적에 대해서는 한 마디도 하지 않았다.

주례는 꼭 주례사를 통해서만 말하는 것은 아니라고 생각한 나는 그들에게 길이 마음에 새겨둘 메시지를 남겨주고 싶었다. 여러 궁리 끝에 직접 혼인 서약서를 써 가지고 갔다. 통상적인 내용을 참신하게 바꿔 붓글씨로 정성들여 써서 봉투에 넣었다.

그리곤 혼인 서약 시간에 신랑신부로 하여금 이를 읽게 하였다. 온 식장에 울려 퍼지도록. 보통 혼인 서약서는 주례가 읽고 당사자들은 "네" 하고 답하면 그만이다. 나는 그런 형식에서 벗어나 자신들의 입으로 직접 서약하게 함으로써 마음속에서 우러나는 다짐이 되게 해주고 싶었다. 읽고 난 서약서를 봉투에 넣어 주면서 앞으로 어려움이 있을 때 같이 열어보며 해결책을 찾으라고 당부하였다. 내 마음이 그들에게 전해졌을까. 그들도 그것을 마음속으로 받아들이며 느꼈을까.

결혼한 이삼 년 후 그들의 소식을 들었다. 신랑은 전업(轉業)하여 땀 흘리며 일하는 보람에 흠뻑 젖어 있다고 한다. 아들을 낳아 그렇게 좋아하며 보통 사람으로 살고 있다니 그 결혼이 얼마나 축복이었던가.

오랜 세월 동안 내 주례로 부부의 연(緣)을 맺은 많은 젊은이들. 그때의 신랑신부들은 지금 어디에서 어떤 모습으로 살고 있을까. 그들이 만들어가는 아름다운 가정에 나의 주례사가 조그마한 주춧돌이 되어 변함없이 행복하기를 간절히 소망해본다.

캐나다에서의 행운

차 안의 침대에 누워 바깥의 푸른 하늘과 만년설로 뒤덮인 캐나디안 로키산맥을 구경하는 것은 환상이었다. 밴쿠버에서 밴프에 이르는 도로변에는 울울창창한 국립공원의 침엽수림이 장관이었다. 울창한 숲을 뚫고 가도 가도 끝이 없다. 거대한 미 대륙의 횡단 길에 들어서 있음을 실감하게 된다.

로키의 진주라는 레이크 루이스를 구경하고 차를 타려는데 어떤 한국인이 다가와 차 내부 구경을 좀 하잖다. 안내를 받고서는 흐뭇해하며 공손히 자기소개를 한다. 부인과 어린아이를 동반한 그는 몬트리올 외환은행 직원이라며, 앞으로 돈을 모아 R.V.(일명 홈카)를 타고 대륙 횡단하는 것이 꿈이라고 했다. 꿈이라는 소리가 반가웠다. 젊은이들에게는 꿈이 있을 것이다. 꿈! 이 얼마나 소중한 자산인가. 그런데 내게도 꿈이란 게 있는가하고 잠시 묘한 감정에 빠진다.

때가 되면 홈카(home car) 안에서 밥 해먹고 소파에 앉아 커피도 곁들이며 TV를 보는 등 여느 주택에 비해 조금도 불편함이 없다. 깊은 숲속에 차를 세워두면 영락없는 전원주택이다. 공간이 여유로워 침대에서 뒹굴거리며 잘 수도 있다.

아들이 밴쿠버에서 공부하고 있어 아이 사는 모습도 보고 캐나다 관광을 겸하여 아내와 이곳에 온 것이다. 여기의 일정은 아들이 미리 준비한대로 움직였다.

가이드를 겸한 운전기사는 패키지여행에서는 잘 들르지 않는 고즈넉한 오지까지 안내해주니 더욱 재미를 만끽할 수 있었다. 큰길을 벗어나 얼마나 들어갔을까, 일곱 마리의 곰 가족을 만났다. 이쯤 되면 곰의 무리치고는 가히 군단병력 아닌가. 느린 걸음으로 다가오는 곰이 도로를 따라 멀리 사라질 때까지 눈을 떼지 못했다.

곰도 답답하여 사람들을 만나보고 자동차도 구경하고 싶어 그들의 영역을 뛰쳐나온 것일까. 녀석들도 나처럼 볼거리가 많았던지 어슬렁거리며 지나가고 있었으니 이상동몽(異床同

夢)이다. 야생 곰을 그렇게 가까운 거리에서 보기는 난생처음이었으니 대단한 횡재였다. 혹시 과민반응이라도 일으킬까봐 모두들 손으로 입을 막고 조심조심했다. 곰들의 뒷모습을 바라보며 참 행복한 녀석들이란 생각이 들었다. 우리나라에서 태어났다면 밀렵꾼들의 올가미에 희생되었을 수도, 태국에서라면 쓸개즙을 채취당하는 학대를 받았을 것 아닌가. 이 지방에서는 사람보다 동물이 우선이어서 야생동물에게 경적을 울리거나 내려서 먹을거리를 제공하면 벌금이 부과된다고 한다. 이와 같은 동물애호정신과 이를 뒷받침하는 장치가 있어 인간과의 평화로운 공존이 가능한 것이리라.

곰과 해후한 흥분이 채 가시지 않았는데 눈앞에 그림 같은 경치가 펼쳐졌다. 호숫가에 잠시 차를 세우고 앞산의 설경을 감상하고 있는데 난데없이 천둥소리와 함께 산더미 같은 눈덩이가 쏟아져 내렸다. 서너 차례 이어지는 굉음과 무너져 내리는 빙산이 얼마나 웅장한지 그 장엄함에 몸이 움츠려들었다. 눈사태가 우리 앞으로 바짝 밀려오는 것 같은 착각에 아내는 나를 꼭 붙잡는다. 마치 천지개벽이라도 난 것 같은 현상을 보며 새삼 자연의 위력에 경악을 금치 못했다.

TV 화면에서 보아온 북극이나 남극의 규모에야 못 미치겠지만 바로 눈앞에서 펼쳐진 광경이기에 그 감격을 몇 배로 실감할 수 있었다. 불과 3~4분 안에 일어난 일이라 그 순간을 목격할 수 있었던 행운에 가슴이 벅찼다. 하지만 지구온난화로 속절없이 녹아내리는 빙벽을 바라보며 한편 가슴이 아팠다. 이 순간에도 지구가 병들어가고 있는 현장을 이 눈으로 확인하고 있기에.

지난밤엔 밴쿠버에서 유숙했는데 호텔 로비에서 아주 반가운 고향 분을 만났으니 '세상은 넓다'고만 여겨온 구호가 무색했다. 머나먼 땅에서 반가운 사람을 만나니 커피 맛도 향긋하고 환담도 구수했다. 서로 담소를 나누는 가운데 그 친구는 지금 경제 5단체장의 일원으로 대통령을 수행하고 있다고 했다. 당시 세일즈 외교의 일환으로 대통령의 해외방문 시, 많은 경제인들과 재벌총수를 대동하고 다녔다.

노태우 대통령은 그때 우리나라와 캐나다 간에 사증(查證) 면제협정을 체결하여 비자 없이도 자유롭게 캐나다를 방문할 수 있는 길을 텄다. 국민에게 안겨준 큰 선물이다. 이 호텔에서 그 역사적인 협약을 맺었다니 내가 마치 그 자리에 입회라도 한 양 기뻤다.

사람은 살아가면서 갖가지 행운을 만나기도 한다. 불행한 일만 있거나 그냥 상식적으로만 산다면 세상살이 무슨 재미가 있겠는가. 우리는 하루에도 몇 번이나 '운'이라는 것과 마주친다. 여행에서도 마찬가지다. 야생곰과의 만남, 눈사태의 광경, 고향사람과의 조우 등. 나는 이번 여행에서는 운이 좋았으나 이처럼 행운만 있는 것은 아니다. 언젠가 미국의 그랜드 캐니언에서는 죽을 고비를 넘긴 적도 있었다.

로마의 트레비 분수에서는 많은 여행객들이 연못을 등지고 서서 동전을 던져 넣으면 다시 로마를 방문할 수 있다고 하고, 여행 내내 행운을 얻게 된다는 전설이 있어 너나없이 그 소원을 바라며 동전을 던진다.

나는 여행에 나설 땐 언제나 트레비 분수를 마음속에 담고 떠난다. 여행에서 얻는 행운도 인생살이에 있어서의 행복의 과정이기에, 앞으로의 남은 내 여정에서 더 좋은 일이 많이 생겼으면 하는 소원에서다.

철새

가을을 떠나보낸다는 것이 이렇게 외로울 수가. 외로움이 가슴 가득 밀려올 때면 어디로든 떠나고 싶어진다. 울적한 마음을 달래려고 밖을 나서긴 했으나 딱히 가야할 곳도 없어 차편 닿는 대로 장항선에 올랐다. 기차에서 내리자마자 바람이나 쐴까하여 금강 하구에 이르니 가는 날이 장날이라, 겨울 철새의 축제가 한창이다.

반가워 달려갔으나 철새 도래지에는 개인의 접근이 금지되고 주최 측에서 제공하는 버스를 타야 했다. 제한된 인원에 강둑 위의 조망대에서만 탐조할 수 있고, 제대로 소리조차 내지 못하게 하니 꽤나 조심스러웠다. 철새들의 청각을 곤두서게 하면 새들이 움츠려드는 모양이다. 비상(飛上)을 보기 위해 추위에 얼마를 기다렸을까.

해거름이 되자 순식간에 수십만 마리의 가창오리 떼가 일제히 날아오른다. 노을이 만들어낸 붉고 경이로운 하늘 위로 먹물 번지듯 선회 곡예를 펼치고 있는 검은 물체들이 참으로 장관이다. 수면을 박차고 하늘로 치솟는 가창오리는 모이고 흩어지기를 반복하면서 대자연의 화폭 위에 다양한 모양을 그려낸다. 서로 부딪치거나 이탈하는 일 없이 무리지어 비행하는 모습이 신기하기 그지없다.

이렇듯 황홀함에 넋을 잃고 있으면서도 엉뚱한 생각에 사로잡히는 것은 왜일까. 과거 독재권력 하에서 일부 야당 인사들이 신념을 지키지 못하고 여당으로 옮겨갈 때, 그들을 일러 '철새'라고 불렀다. 철새가 오가는 것은 생존을 위한 본능이며, 종족을 번식하기 위한 자연의 섭리이다. 그런데 오로지 권력과 이익만을 좇아 떠도는 사람들을 저렇듯 일사불란한 철새에 비유한 것은 아이러니가 아닐 수 없다.

하기야 닮은 점이 없는 것은 아니다. 철새 정치인들은 세(勢)가 불리하다 싶으면 뒤돌아보지도 않고 매정하게 둥지를 뛰쳐나간다. 그리고는 다른 집단의 권력층에 빌붙어 기생하는 존재들이다. 텃세가 드센 이전투구의 난장판에서도 다치지 않고 잘도 헤쳐 나가는 걸 보면, 분명 철새들의 곡예를 능가하는 재주꾼들이다.

지금도 선거철이 되면 새둥지를 찾아 나서는 철새 인간들로 정치판이 꽤나 소란스러워진다. 지난번에는 대선을 불과 4개월 앞두고 일곱 개의 동질적 정치세력들이 모여 눈앞에 다가온 선거를 치르기 위한 정당을 급조하기도 했다. 그 짧은 기간에 무려 다섯 번이나 당적을 바꾼 의원도 수십 명이었으니, 이만하면 정치권의 변절(變節)은 갈 데까지 간 것이 아닌가.

그래도 말로 먹고 사는 정치인들이라 나름대로의 이유와 명분을 내세운다. '당이 비민주적이어서' '정권 창출에 기여하기 위해서' '지역민의 입장을 대변하기 위해서'라며 고뇌에 찬 결단이라고 강변한다. 판에 박힌 그들의 변명에 와락 부아가 치민다. 얼마나 더 구차해지려고 저러는가 하고. 그들의 속셈이 '당선 지상주의'에 있다는 것을 모르는 유권자는 없는데도 말이다.

지조(志操)는 오랫동안 선비의 표상이나 지도자의 자격쯤으로 상징되어 왔다. 그런데 혹 내가 생경스런 존재여서 시대에 뒤처진 소리를 뇌까리고 있는 건 아닌지…. 그렇지는 않을 것이다. 지조는 정치 이전에 인간으로서 갖추어야 할 기본적인 신의와 의리의 문제가 아닌가. 많은 국민들은 우리 정치인들이 최소한의 양심을 지니며 변질하지 않기를 바라고 있다.

철새 정치인들이 이곳저곳을 기웃거리고 다닐 때, 철새는 어디서 날아와 어디로 가는 것일까. 철새들의 이동 경로는 생명을 건 처절한 모험의 여정이다. 이동하는 도중 온갖 위험에 맞닥뜨리게 되며 그로 인해 수많은 새들이 생명을 잃는다. 그 이동 경로를 알고자 조류 애호가들이 새의 발목에 가락지를 끼워 여러 장소에서 날려 보낸다. 그 철새가 오늘도 지구촌 곳곳을 누비며 날아다니고 있을 것이다.

철새에 가락지를 끼운다니 문득 '전자 발찌'가 떠오른다. 우리나라에서는 성범죄자에게 전자 발찌를 채워 그 위치를 추적하여 범행을 방지하고 있다. 이 제도가 어느 정도 효과를 거둬 다른 분야로까지 확장을 검토하고 있다니, 이참에 정치권에도 한번 도입해 보는 것이 어떨까.

이슬람권에서는 정조를 잃은 여인에게 돌팔매질로 쳐서 죽이는 율법이 지금도 시행되고 있다. 경우는 좀 다르지만 남자의 지조와 여자의 정조는 그 가치와 무게에 현저한 간극이 있는 것일까. 우리나라에서는 철새 정치인에 대하여 아무런 제재가 없으니, 이는 정당정치의 후진성을 드러내고 있음이 틀림없다.

그렇다고 변절 정치인에게 전자 발찌를 채운다는 것 또한 우리의 법 감정상 너무 가혹하지 않은가. 다만 입후보자가 선거관리위원회에 등록할 때, 당적을 옮긴 이력 사항을 명기하게 하고 이 점을 부각시켜 국민이 자유롭게 열람할 수 있게 한다면 유권자를 배신하는 행동이 어느 정도 줄어들지 않을까.

가슴이 시려서 무작정 나섰다가 엉뚱한 상념만 안고 돌아왔다. 인생의 가을은 이래저래 쓸쓸한 계절이다.

단 위에 있는 사람

오늘 아침 신문을 펼쳐보다 '끝장 토론으로 깔끔한 승복'이라는 제목에 눈이 번쩍 띈다. 늘 시끄러운 정국에 어인 희망적인 메시지인가 싶어 유심히 읽어보니 그게 아니었다.

미국 사회에서 오랫동안 논쟁거리였던 '보건 개혁'을 둘러싸고 의회에서는 여야가 치열하게 맞붙어 열띤 토론을 벌였다. 밤샘 토론을 통해서도 이견을 좁히지 못했지만 물리적 충돌은 빚어지지 않았다. 서로 날카롭게 비판하지만 마지막 표결 결과에 대해선 누구도 이의를 제기하지 않았다는 내용이다.

중요 이슈가 있을 때마다 멱살 잡고 몸싸움 벌이는 것도 모자라 쇠망치로 의사당 문을 부수는 우리 국회와는 사뭇 다른 모습이다. 우리 국회의원들의 토론 행태를 보면 혹여 말에서 밀리기라도 하면 당장 자신의 인기가 날아간다고 생각하는지, 의도적으로 거칠고 폭력적인 언어를 쏟아내며 기선을 잡으려 애를 쓴다. 그 밑바닥에는 목소리 크고 힘으로 밀어붙이면 이길 수 있다는 인식이 깔려 있다.

한동안 우리 정치사에 삼총사니, 누구의 킬러니 하여 폭력적이고 거친 말 잘하는 사람이 인기 있었던 시기가 있었다. 그 당시는 권력층이 민심과 너무 동떨어져 있어 그들이 매몰차게 정부를 공격하고 비리를 폭로하면 많은 국민이 속 시원하다며 박수를 보냈다.

이제는 그런 저급한 정치문화에서 벗어나 미래지향적인 국회 상(像)을 보여야 할 때이다. 국민에게 꿈과 희망이 있는 말, 배려와 상생이 있는 그런 정치담론을 국민은 듣고 싶어 한다. 외국의 훌륭한 정치지도자의 말에는 '우리 아이들에게는…' '다음 세대에는…' '먼 훗날 우리의 후손들이…'라는 표현이 넘쳐난다. 그런데도 우리 정치권에서는 과거의 역사를 부정하고 과거사에 매몰되어 소모적인 정쟁만 일삼는다. 과거와 현재가 싸우면 미래를 잃는다는 경구가 있다. 과거사에는 의례히 빛도 있고 그림자도 있기 마련인데, 자꾸 어둠만 파는 것은 정말 지겹다. 이제는 제발 미래로 나아가 국민에게 꿈과 희망을 주는 그런 정치를 했으면 좋겠다.

서구 의회에서는 토론이나 대담에서 항상 유머가 흘러넘친다. 유머와 해학이 있는 정치지도자의 말은 항상 여유가 있고 배려의 정치로 이어지게 마련이다. 처칠은 고통과 긴장의 전쟁 중에도 유머를 잃지 않았다. 유머를 통하여 힘든 정치판이나 짜증스럽고 불안한 국민의 마음을 누그러뜨리는 데 큰 힘이 되었다고 한다.

한국 의회에서는 풍자와 해학이 실종된 지 오래다. 이는 정치행태의 후퇴다. 지금처럼 여야가 험하게 대립하고 있는 정치판에서는 풍자와 해학이 살아나기 힘들다. 최근 한 정치지도자가 우리도 감성의 정치, 국민에게 감동을 주는 정치를 펼치겠다며 의욕을 보인 적이 있으나 그 뜻을 잇지 못하고 불발에 그쳤다. 이제라도 그 불씨를 살려 낭만이 깃든 감성의 정치를 볼 수 있었으면 하는 바람이다.

지금 우리는 국력이 커지고 민주화의 수준도 높아져 선진화를 지향하고 있다. '선진화' 하면 경제발전의 바로미터라기보다 그를 넘어서서 국격(國格)이나 국민의 문화 수준을 일컫는 용어가 되고 있다. 정치지도자를 위시하여 국민 각자가 맡은

바 일을 제대로 하고 예의를 지키며 정직하게 살아가자는 뜻이
리라.

국가나 개인이나 자기의 임무에는 책임이 따른다. 더욱이
높은 지위에 있는 사람일수록 그 책임은 더 커지기 마련이다.
그런데도 많은 국민들은 선진화에 가장 뒤처져 있는 집단으로
정치권을 꼽는다. 한 여론조사에 의하면 국회를 신뢰한다는
답변은 단 3프로에 불과하고, 신뢰하지 않는다는 응답이 무려
80프로가 넘어서고 있다. 신뢰를 잃고서야 정치인들이 아무리
국가를 위하여 열심히 일하고 있다고 반듯한 말을 해도 국민이
믿지 않는다. 정치의 본질은 사람의 마음을 얻는 것인데, 반성
의 기미도 보이지 않으니 문제는 더욱 심각하다.

요즈음 TV토론을 지켜보기 싫다는 사람들이 부쩍 늘어났
다. 상대방을 자극하거나 갈등을 부추기는 말에 짜증이 난다
는 것이다. 뉴스시간에서 비중을 크게 다루던 정치권 소식이
어느 사이 뒤로 미루어졌다. 인기 좋았던 토론이나 대담프로
도 이른바 황금시간대에서 대부분의 사람들이 잠든 자정 이후
로 쫓겨나버려 안타깝고 부끄럽기 짝이 없다.

'단 위에 올라가는 사람은 반드시 속옷을 입어야 한다.'는 성
경(聖經)구절이 있다. 이는 단 위에 있는 사람이 무엇을 하는지

단 아래에서 다 보이므로 속옷을 챙겨 입듯이, 앞가림을 잘하라는 뜻이리라. 특히 공인들에게 말조심을 당부한 것이 아닌가 싶다. 말도 속옷처럼 자신을 표현하는 것이라면 정치인들도 '말의 패션'에 신경을 써야함이 당연하지 않은가.

남강문우회에 부치다

안녕하십니까. 대단히 반갑습니다.

모처럼 고향땅을 밟은 것만으로도 가슴이 벅찬데 '문학의 밤' 행사에 참가하게 되어 감개무량합니다.

우리가 행사를 진행하는 지금 이 시각에도 남강(南江) 물은 쉼 없이 흐르고 있습니다.

저는 태어나면서부터 남강 물을 먹고 자랐습니다. 남강 기슭을 거닐며 깊은 사색에 잠기기도 했고, 남강을 바라보며 젊은 날의 꿈을 키웠습니다.

당시에는 서부 경남의 학생들 가운데 인재들은 대부분 진주에 와서 공부했습니다. 저는 진주사범을 다녔는데, 그때 우리

반에는 서부 경남뿐만 아니라 통영이나 함안, 창원, 심지어 부산권인 김해에서 온 학생도 여럿 있었습니다. 여학생도 예외가 아니어서 작가 박경리 선생은 고향이 통영이었으나 진주의 일신여자고등학교(현 진주여고의 전신)에 유학(遊學)했었죠. 그 먼 곳에서 왜 진주까지 와서 공부를 하게 되었을까요.

시각을 좀 달리해 보면, 남강 물을 마시러 모여든 것이 아닌가 하는 생각을 합니다. 남강 물을 마시며 공부하면 공부도 잘 되고 성공할 수 있다는 믿음 말입니다. 남강에는 민족의 정기가 흐르고 있습니다. 논개(論介)의 기개가 서려 있고 삼장사의 넋이 담겨 있으며 임란 때 칠만 관민(官民)들이 결사항쟁하여 피로 물들였던 성지(聖地)의 강물입니다.

여러분도 이곳 남강의 기를 받아 공부하여 성공한 분들이 아닙니까. 저는 분명 그렇다고 생각합니다. 어느 학자의 말을 빌면 가장 행복한 삶이란 하고 싶은 일이 있고, 그 일을 하고 있는 사람이라고 했습니다. 여러분들이야 말로 문학을 지향해 열정을 불태우고 있지 않습니까. 거기에서 큰 보람도 얻고 있으니 행복한 것 아닌가요. 행복한 것처럼 성공한 삶이 어디 있겠습니까. 혹시 자신의 삶에 회의가 있다면 지금부터라도 자부심과 긍지를 가져주시기 바랍니다.

남강문우회가 불과 이삼년 만에 이토록 장족의 발전을 하게 된 것은 기적 같은 일입니다. 회원도 늘어났고 조직도 탄탄해 졌습니다. 오늘밤 이 남강 변에서 출판기념 행사를 성대하게 치르고 있는 것 또한 우리의 저력입니다. 여기에는 진주 회원만이 아니라 부산, 대구, 서울에서도 대거 참석했습니다. 그 외 창원, 함안. 합천, 남해에서도 참가한 것으로 압니다. 아직 만족할 만한 규모는 아니지만 전국적인 행사라고 일컬을 수 있습니다.

우리가 짧은 시일 안에 이토록 발전할 수 있었던 원동력은 무엇일까요. 회원 각자가 서로 믿고 사랑하며 겸손의 미덕을 지니고 있기 때문입니다. 문단의 이력이 짧음에도 불구하고 오늘 저를 이 단상에서 격려사를 하게 한 것도 고향의 연배에 대한 배려라고 생각합니다. 이런 마음가짐이 우리의 조직을 단단히 다지고 온정을 나누는 계기가 될 것입니다. 그러고 보니 저는 과연 남강문우회를 위하여 무엇을 해야 할 것인가 생각하게 됩니다.

그동안 남강문학지(南江文學誌)를 출판하느라 원고를 수집하고 편집해 훌륭한 책을 만들어내느라 애써주신 편집위원 여러분, 정말 수고하셨습니다. 또한 이렇게 중량감 있는 책을 마련, 출판기념 행사에 정성을 쏟아 준비해온 집행부 여러분에게 감사를 표합니다. 더욱이 우리들 문학 인생의 꿈을 키워준 개천예술제의 개막일에 맞추어 유서 깊은 진주 땅에서 행사를 갖게 된 것 또한 의미 있는 일이라 하겠습니다.

우리가 이렇게 굳건한 기반을 쌓아가고 있는 것은 회원 모두 열심히 협력한 결과이지만 우리 모임을 위해 크게 공헌한 분들의 노고를 잊어서는 안 될 것입니다. 우리 문우회의 출발은 몇몇 출향 인사가 중심이 되어 우리 고향을 외롭게 지키며 진주 문학의 맥을 이어온 문인들과 힘을 합친 결과물입니다.

서울 남강문학회에서도 회원들 모두 열심히 일하고 있습니다. 중앙 문단에서 활동하고 있는 거목들이나 무명의 문학도 모두가 한마음으로 격의 없이 어울려 즐겁게 지내고 있습니다. 조그만 명분만 갖고도 모여서 취지에 따라 축하하고 위로도 해주며 친근한 분위기를 만들어가고 있습니다. 그 와중에서도 행사에 꼭 빠지지 않는 것은 시나 수필 낭송회를 가짐으로써 문학모임의 취지를 굳건히 지켜오고 있습니다.

역사와 문화의 도시 진주. 진주인들은 유달리 고향을 사랑하는 사람들입니다. 그런 취지에서 쓴 정목일 수필가의 〈남강의 여름〉이라는 글 한 구절을 읊으며 인사를 마치고자 합니다.

'진주인 가슴속에는 죽는 날까지 남강이 흐르고 금모래가 반짝거릴 것이다'라는 구절입니다. 남강을 소재로 한 주옥같은 시나 감상적인 글도 많지만 이 수필은 불과 며칠 전에 읽은 글이라 생생하게 가슴에 남아 있기에 소개하는 것입니다. 이 글이 유난히 가슴을 적시는 것은 왜일까요? 아마도 고향에 대한 우리의 애절한 마음을 고스란히 담고 있기 때문이 아닐까요. 다시 한 번 읊겠습니다.

'진주인 가슴속에는 죽는 날까지 남강이 흐르고 금모래가 반짝거릴 것이다….'

대단히 감사합니다.

2010년 10월 3일

김한석

안산(鞍山)의 봄

안산은 내 집 앞, 손닿는 데 자리 잡아 언제든 쉽게 오를 수 있는 산이다. 도심 한가운데서도 매연과 경적 소리가 없는 데다 지저귀는 산새와 숲으로 어우러져 자연을 즐길 수 있는 나의 안식처다. 실개천 물굽이는 색다른 정취를 자아내며 속기(俗忌)를 깨끗이 씻어준다.

산철쭉, 영춘화, 수선화 등 화사한 야생화 꽃길도 잘 가꾸어져 있다. 나는 옛날엔 거들떠보지도 않았던 야생화에 무척 관심을 갖게 되었다. 넉넉한 마음으로 낮게 엎드려 앉아 길섶 꽃들과 일일이 눈을 맞춘다. 요란하게 드러내지 않으면서도 나름의 멋을 지닌 것이 매혹적이다.

싱그러운 풀냄새를 맡으며 산책로를 따라 한참 돌고나면 공터의 작은 공원에서 잠시 허리를 편다. 이 산책로가 있어 많은 사람들이 안산 숲길을 따라 산에 오르고 신선한 공기를 호흡하며 약수를 떠 나른다. 숲으로 둘러싸인 풍광이 다시없는 문화 시민의 휴식처가 되고 있다.

겨울이 깊었으니 봄이 멀지 않았을 것이다. 여태껏 봄이 오면 그저 봄인가 했을 뿐인데, 올해는 봄을 맞아야하겠다는 생각에 마음이 설렌다. 봄을 찾으러 산에 올랐다. 요 며칠사이 아침기온이 영하로 곤두박질쳐서인지 봄을 실감할 수 없었다. 우수 경칩이 지나고 춘분을 넘겼는데도 찬바람이 여전하다. '꽃샘추위'인가보다. 예부터 '봄꽃 피는 걸 시샘하는 추위'라 하여 이렇게 불렀으니 시(詩) 한 구절 같지 않은가. 꽃샘추위라는 단어처럼 맛깔스러운 표현도 찾아보기 힘들 것이다.

그래서일까, 봄이 왔으되 봄 같지 않다는 '춘래불사춘(春來不似春)'이라는 말이 생겨났다. 널리 회자되고 있는 이 말이 본래의 의미가 퇴색된 채 오용(誤用)되고 있는 것은 아닐까. 이를 즐겨 쓰는 사람들은 주로 시국에 빗대어 정치적, 사회적 이유나 국제적인 이슈까지 끌어들여 관련시킨다. 4·19, 유신 항쟁, 이라크와 미국과의 전쟁, 가까이는 천안함 폭침, 일본 쓰나미 지진, 구제역 살 처분에 이르기까지 삼사월에 있었던 어두운 사건들을 거론하며 어김없이 춘래불사춘이라 한다.

보다 순수하게 봄을 바라보았으면 좋겠다. 계절에 관한 문제는 자연의 순환법칙에 따라 풀어야지, 외적인 문제를 들먹거리는 것은 꽃샘추위를 무색하게 하거나 봄을 우울하게 만든다. 혹한을 이겨내고 힘들게 찾아온 봄! 꽃샘추위가 아무리 기승을 부려도 꽃은 필 것이거늘.

봄을 노래한 시인들은 많지만 삼봉(三峯) 정도전만큼 봄의 계절적 의미를 압축해 표현해낸 학자도 드물다. 삼봉은

봄이란 봄의 출생이며,
여름은 봄의 성장이며,
가을은 봄의 성숙이며,
겨울은 봄의 갈무리(收藏)이다.

라고 했다. 그는 자연의 섭리에 따라 봄을 기준으로 사계(四季)를 풀어낸 것이다.

나는 청년시절부터 봄이라면 으레 야망, 꿈, 미래, 청춘, 희망들과 동의어(同義語)로 생각해왔다. 봄은 청운의 꿈을 안고

치열하게 삶을 가꾸어가는 상징이며 지표였다. 청춘이란 어떤 기간이 아니라 마음의 상태를 일컫는 말이 아닌가. 상춘(常春)이랄까, 내 청춘은 일 년 열두 달 삼백육십오 일이 봄이었다. 각 계절의 시원(始原)을 봄이라고 풀이한 삼봉의 봄과도 일맥상통하지 않은가.

이제 인생의 황혼에 이르고 보니 봄을 보는 내 시각이 바뀌었다. 대자연의 아름다움, 수림(樹林)과 조화를 이뤄 철 맞게 피어나는 꽃들, 숲속에서 지저귀는 새소리와 산기슭의 물소리, 버려진 잡초 하나에도 눈을 떼지 못한다. 자연 속의 모든 존재는 저마다의 색깔을 지니고 있기에.

새벽에 안산에 오르면 싱그러운 숲 향기를 맡을 수 있다. 깊은 오지의 순결함 같은 내음을 호흡하면 인생의 우울함이 어느새 안개처럼 녹아내린다. 봉화대가 있는 산봉우리를 거쳐 오가는 동안 많은 사람들을 만나는데, 등산객의 행태도 각양각색이다.

안산에 오르면 언제나 만나는 사람이 있다. 불편한 몸으로 다리를 끄는 중년 아주머니. 중풍에 시달리면서도 이렇게 매일 산에 오를 수 있는 것이 놀랍다. 겨울을 쉬고 올 봄 산비탈에서 맞닥뜨렸을 때, 그 부인은 훨씬 가벼워진 거동으로 약수

를 담은 배낭까지 짊어지고 있어 마음속으로 혼자 탄성을 질렀
다.

그는 엄동설한의 힘든 겨울에도 따뜻한 봄을 가슴에 지녔기
에 그 어려움을 극복할 수 있었으리라. 봄이 가져다 준 선물이
아니고 무엇이랴! 나는 안산을 오르며 무엇을 얻고 배웠는지
조용히 자문해 본다.

대지에서의 봄기운이 무르익고 있다. 온 누리가 이제 완연
한 봄이다. 안산에도 봄이 쫙 깔려 꽃의 향연을 준비한다. 젊
은 여인의 옷차림도 한 꺼풀 얇아졌다.

'봄이 오니 진정한 봄인 것 같다'라는 뜻의 '춘래여진춘(春來
與眞春)'을 마음껏 노래한다.

왜 이곳을 떠나지 못하는가

새로운 신분증

절망과 희망

늘그막에 접어들면 주위에서 거들떠보는 사람도 드물어진다. 그럼에도 나를 챙겨주는 사람이 있어 절로 생기가 솟는다. 요즈음 국가로부터 새로운 신분증을 발급 받았기 때문이다. 참전유공자증이다.

고등학교 2학년 때 6·25전쟁이 발발했다. 붉은 군대는 단숨에 서울을 거쳐 질풍같이 남쪽으로 내려오고 있었다. 7월 하순에 이르자 내가 살고 있던 고장, 진주(晉州)에도 멀리서 포 소리가 들려왔다. 그것은 인민군이 이곳에 가까이 왔음을 알리는 신호가 아니던가.

　주민들은 어떻게 해야할지 갈팡질팡했다. 피난을 가야 살아남을 수 있다는 사람, 어딜 가든 전쟁터이니 차라리 집을 지키며 죽겠다는 이들도 있었다. 나는 친척과 둘이서 인근 농촌으로 피난 가다가 트럭에 타고 있던 아는 분을 만났다. 함안을 경유 부산으로 가는 차라고 하는 순간, 어디로든 탈출하고 싶었던 걸까, 마구잡이로 차에 올랐다. 함안은 어릴 적에 잠시 인연이 있던 곳이다. 이 난리 통에 누가 반겨줄 거라고, 참 세근머리가 없었다. 그러다 며칠 뒤, 인민군이 진주를 점령하여 그로부터 함안과 진주 사이에는 한 뼘 땅을 놓고 지루한 전투가 계속되었고, 그 틈바구니에서 오도 가도 못하는 신세가 되었다.

　얼마 있다가 그곳에 소개령(疏開令)이 내려졌다. 마을 사람들을 강제 피난시키는 조치다. 집을 버려둔 채 전쟁이 끝날 때까지 돌아올 수 없으니 기약 없는 떠남이다. 피난을 떠나고 나면 군 작전상 마을을 모두 불태운다니 사람들의 발걸음이 얼마나 무거웠을까. 그러나 전쟁 앞에선 누구 한 사람 억울함을 늘어놓거나 항의하는 사람이 없었다. 한줌의 식량과 밥그릇, 숟가락 몇 개만 챙겨들고 집을 나서니 누구랄 것 없이 졸지에 거지가 된 꼴이다. 나야말로 어디에도 부칠 곳 없는 고아 신세가 되어버렸다. 집합장소인 중리(中里)역에 가보니 우리를 싣고 갈 피난열차는 문짝이 덜컥거리는 화물칸이었다. 거기에 짐짝처럼 실려 어디로 가는 건지 목적지를 알려주시도 않았고, 아는 사람도 없었다. 열차가 떠나자 그동안 참아왔던 설움이 한꺼번에 쏟아져 나와 아낙과 노파들이 바닥을 치며 통곡하였다. 전쟁이란 것이 바로 이런 거구나 실감했다. 나는 친척집이 있는 부산에 실어다 주기를 간절히 기도하고 있었다. 하나, 기차는 쉬지 않고 달려가더니 어떤 간이역에 멈춰 선다. 여기서 모두 내리라는 지엄한 명령이다. 마산, 창원을 지나 김해 땅, 한림정 역이었다.

여름의 햇살은 긴 그늘을 드리운 채 서산에 기울고 있었다. 주위에 민가도 보이지 않는 허허벌판에는 우리를 내려놓은 빈 차만이 우두커니 서 있었다. 어디로 가라는 안내도 수용시설도 없었다. 낯선 곳이라 모두들 어리둥절하며 갈 곳을 찾아 나서는데 눈치를 살피며 남들이 많이 가는 곳을 뒤따라간 장소는 어이없게도 다리 밑이었다. 모두들 저녁밥을 짓는데 그 가장자리를 맴돌며 군침을 삼켰다. 하루 종일 굶고서도 밥 한술 달라는 소리가 왜 그렇게 나오지 않는지. 당장 거지 연습이라도 해야 할 판에 아직도 자존심이 남아있었던 것이다. 밤이 되자 그만 자리에 누웠다. 울퉁불퉁한 자갈바닥 위에 등을 대고 누우니 그것이 어디 잠자리인가. 이제 다리 밑의 거지가 분명해졌다. 밤하늘엔 초롱초롱한 별들이 모든 시름을 잊게라도 해주듯 평화롭게 반짝이고 있었다.

아닌 밤중에 홍두깨라더니 자위대(自衛隊)인지 하는 사람들이 몰려와 잠을 깨운다. 불순분자를 색출하는 것 같다. 신분만은 확고하여 당당하게 학도호국단 수첩(당시의 학생증)을 내밀었더니 가족도 없이 혼자 다니는 것이 수상하다며 트집이다. 전후(前後) 사정을 설명해도 내 말은 듣지 않고 오히려 간첩 아니냐며 무서운 말을 함부로 지껄이는 게 아닌가. 하도 어처구니없어 버럭 고함을 지르며 싸움이라도 할 양 달려들었다. 배는 곯아 등에 붙어있어도 악은 남아있었던 모양이다.

아무 연고도 없으니 하루를 넘기는 것이 지옥이었다. 밥은 어디에서 얻어먹으며 잠은 어디에서 자야할지 막막한 풍찬노숙(風餐露宿)의 신세인데, 이젠 사상검증까지 받아야 하였으니. 전쟁은 전선에서만 치르는 것이 아니라 하루하루가 생존을 위한 치열한 전쟁이었다.

해가 저물어 갈 무렵 어느 학교 앞을 지나는데 목총을 든

장년들이 달려들어 나를 안으로 끌고 갔다. 완장과 목총을 든 사람들이 장악하고 있는 학교는 이미 배움터가 아니라 악마의 소굴처럼 무시무시했다. 밤새도록 윽박지르는 조사는 고문에 가까웠다. 조사를 마치곤 내일 어디로 끌고 갈 것이니 단단히 각오하라는 말을 내뱉기에 뜬눈으로 밤을 새웠다. 한데, 아침이 되자 영문도 없이 그냥 풀어 주는 것은 또 뭔가. 제멋대로다. 비록 풀려났으나 왜 끌려갔으며, 무슨 이유로 그런 시달림을 받아야 했는지 울분이 목에까지 차올랐다. 개인이란 존재는 국가라는 거대한 조직에 매몰된 채 꼼짝할 수 없는 소유물에 불과했다.

아침에 풀려나 학교를 나서자 찬란한 태양에 눈이 부시건만 눈앞은 왜 그리 깜깜하던지. 그 길만이 빛이었는지 발걸음은 절로 부산 쪽을 향하고 있었다. 길목마다 쳐놓은 검문소를 벗어날 재주가 없는데도 말이다. 어디쯤 이르렀을까. 맞은편에서 오던 아주머니가 내 앞을 막아서며 한사코 되돌아가란다. 바로 저 앞에서 '훌치기'를 하고 있다는 것이다. 길 가는 사람을 마구 잡아 군에 보내는 '거리 입대'를 말한다. 이렇게 붙잡히면 겨우 총 쏘는 흉내만 가르치고는 전선으로 내보낸다니, 붙들려 가면 십중팔구 살아남기 어렵다고 다들 알고 있었다.

갈 곳이 없다는 나를 안타깝게 바라보며 가슴 아파하던 그 부인의 모습이 지금도 눈에 선하다. 아주머니를 떠나보낸 후 눈을 감고 그 자리에 우두커니 서 있었다. 진퇴양난이란 이런 경우에 쓰는 말이던가. 온갖 상념 속에서 헤어나지 못하고 있는데 이 무슨 환청(幻聽)일까. 어디선가 희망의 음성이 조용히 가슴을 울렸다. 눈을 번쩍 떠보니 저 멀리서 먼지를 일으키며 자동차가 달려오고 있었다. 미군 지프차다. 어떻게든 미 군용차를 타는 것이 부산으로 빠져나갈 수 있는 유일한 통로라는 것을 익히 알고 있었던 터다.

나는 위험을 무릅쓰고 길 한복판에 서서 차 앞을 가로 막았다. 생존을 위한 몸부림이었다. 차에 깔려도 도리 없다는 각오가 되어있었다. 그런데 지프차는 나를 비켜 옆으로 휙 달아나버린다. '아! 내 운명은 여기가 한계로구나' 하고 땅바닥에 털썩 주저앉으려는 찰나, 이게 웬일인가. 한 십 미터 앞에서 '끼악' 하는 급정거 소리를 내며 멈춰서는 것이 아닌가. 마구 달려가서 사정했다. 서툰 영어로. 미군은 "오케이" 하면서 옆자리를 가리킨다. 아무런 걸림돌 없이 통과되고 보니 너무 쉽게 생존을 걸었던 것이 되레 싱거웠다. 파란 눈의 그 병사, 왜 갑자기 마음이 바뀌었을까. 국적을 떠나 인종을 불문, 한 소년의

애절한 모습에 그냥 뿌리칠 수 없는 '인류애'가 그의 마음을
일깨웠던 것일까. 일생에 드물게 나를 도와준 은인이다.

변신

부산에 닿으니 긴 터널에서 벗어난 듯 숨이 확 트였다. 지난
세월이 꿈만 같았다. 고모네 식구들을 보는 순간 부모님의 품
에 안긴 것처럼 포근하고 아늑했다. 그렇게 반가워할 수가 없
었다. 부모님의 안부를 묻는데 그건 되레 내가 묻고 싶던 말이
었다. 며칠을 쉬며 보니, 전시에는 어디에도 안전지대란 없는
듯 했다. 임시수도 부산에 오면 해방이요, 만사가 해결될 것이
라는 믿음은 환상이었다. 함부로 밖으로 나섰다간 붙잡힐 수
가 있었다. 한밤중엔 기관원이 들이닥쳐 집을 뒤지며 젊은이
들을 잡아간다니 마루 밑에서 잠을 자야만 했다. 그게 얼마나
고통스럽던지, 차라리 김해 땅에서 은하수를 바라보며 마음
달래던 다리 밑이 오히려 낭만적인 잠자리였다.

언제까지나 죄인처럼 숨어 지낼 수 없는 일, 하루를 살아도
당당하게 태양을 보며 살고 싶었다. 어디에서 솟는 용기일까,
그만 칩거(蟄居)에서 훌훌 털고 세상구경 길에 나섰다. 오랜만

에 맛보는 자유의 바람은 시원하고 달콤했다. 용감한 자유 앞에는 검문도 근접하지 못해 붙잡아 가지도 못했다. 한참 겁없이 시내를 쏘다니다가 우연히 한 친구를 만났다.

세상에 이렇게 반가울 수가. 둘도 없이 절친하면서도 학교생활에서 항상 나보다 한발 앞서던 친구다. 그 앞에 선 내 모습은 몹시 초라하기만 했다. 그는 의젓한 학생의용경찰관이었다. 완장을 두른 전투복 차림에 어깨에는 총을 메고 있었다. 그 길로 바로 친구의 주선으로 경찰에 지원(志願)했다. 국가관이 확고한지 면접시험을 치르고 친구가 신원보증을 서주었다. 그리고는 부산에 후퇴하고 있던 진주경찰서에 배치되었다. 전시라 경찰관도 군복을 입고 군인과 같이 행동했다. 군복을 입으니 하룻밤 사이에 훌쩍 커진 느낌이었다. 마음은 순진한 소년인데 겉모습은 믿음직한 성년으로 둔갑하고 있었다.

총 쏘는 기본기를 익힌 다음에는 소총을 배정받았다. 생전처음 총을 받아들고 보니 떨리기도 하고 대담해지는 것 같기도하여 묘한 감정에 사로잡혔다. 총기를 다루고 사격 연습을 익히면서 총과 나와의 간극은 점차 밀착되어 갔다. 나와 생명을같이해야 할 동반자다.

새 임무를 맡길 조짐일까, 우리는 얼마 뒤 '순경'으로 임명되어 정식으로 경찰관이 되었다. 국가 공무원 신분을 취득한 것이다. 공무원되기가 이토록 쉬울 수가.

오래 가지 않아 인천상륙작전이 시작되었고, 전황에 맞추어 우리에게 진격명령이 떨어졌다. 낙동강 전선에서 일진일퇴를 거듭하며 국운이 걸린 지루한 싸움 끝에 적을 몰아낸 것이다. 그동안 진주를 수복(收復)할 날짜만을 애타게 기다리던 경찰관 모두의 얼굴에는 생기가 돌았고, 눈에 밝은 빛이 번뜩였다. 두고 온 부모형제와 처자를 만날 수 있다는 희망에 그들의 가슴은 한없이 설레고 있었다.

우리는 탱크를 앞세운 미군 포병의 엄호를 받으며 선발대로 뒤따랐다. 전투 중에 어떤 상황이 벌어질지는 누구도 장담할 수 없는 일. 나는 총만 들었을 뿐 전투력이라곤 기본도 갖추지 못한 채였다. 전쟁과 죽음이 무엇인지도 모르는 나이 어린 초년병이지 않은가. 그러나 집단 심리는 참 묘했다. 생사를 모를 이 위급한 상황에도 조금도 두렵지 않았으니 말이다. 슬픔 중 가장 큰 슬픔은 마음이 먼저 죽는 일이라 했는데, 이건 살아남을 징조가 아닌가.

인민군이 막 후퇴한 어느 전방의 빈집에서 밤을 새운 우리는 주먹밥 한 덩어리를 먹고 아침 일찍 차에 올랐다. 트럭이 얼마를 달렸을까, 벌써 시체 썩는 냄새가 코를 찌른다. 여기저기 시체가 어지러이 너부러져 있는 것을 보며 머리카락이 쭈뼛했다. 여태껏 죽은 사람이라곤 한 번도 본 적이 없었거늘 이렇게 무더기로 보게 되다니. 사람의 목숨이 값없이 내동댕이쳐 있는 모습을 보며 여기가 격전지였음을 실감했다. 아무리 사위(四圍)를 둘러봐도 움직이는 것이라곤 개미 한 마리 눈에 띄지 않는다. 인적 없는 산야는 그야말로 적막강산이다. 산천은 목을 조른 듯 고요한데 골짝마다 나락이 누렇게 익어가고 있었으니 자연의 궤도만은 제대로 굴러가고 있었다.

중간 중간에 패잔병이 숨어서 총을 쏴댔다. 낙오자들의 죽음을 각오한 몸부림이라 저항이 드세었으나 우리의 집중사격엔 무력했다. 전세는 이미 균형을 잃고 있어 목숨을 건 큰 교전 없이 그리던 진주성에 입성했다. 부산을 출발하여 이틀 만에 진주성을 탈환한 것이다. 이 감격적인 순간에 누구 하나 환영 나온 시민이 없었으니 아주 쓸쓸한 개선장군이었다. 민족전쟁이었으니 승리도 승리답지 않았다. 하지만 내 감회는 남달랐다. 인민군을 피해 갖은 고생을 겪다가 이제 그들을 북으로 내쫓으며 당당하게 고향 땅을 밟고 있으니 말이다.

가시지 않는 갈등과 대립

남강 건너 시내에선 아직도 포성이 멎지 않아 시민들은 얼씬도 하지 못했다. 이틀쯤 지나고서야 거동하기 시작하자, 뒤바뀐 세상에서 고향사람을 본다는 것이 이토록 반가울 수가 없었다. 모두가 이웃이요, 형제요, 가족이었다. 하지만 그 기쁨도 잠시, 베테랑 형사들은 특유의 직업의식에서일까, 부지런히 들락거리며 부역자(附逆者)를 수도 없이 잡아들이니 수용할 시설마저 부족했다. 한편에서는 부역자를 제보하는 사람들로 붐벼, 아는 사람이 더 무섭다는 말이 널리 퍼져 있어 서로 간에 불신의 골은 깊어만 갔다. 도대체 공산 치하에서 무슨 일들이 벌어졌던 것일까.

나에게도 많은 제보가 잇달았으나 아예 외면해 버렸다. 아직도 학생 신분이 아닌가. 사람을 잡아오고 가두는 것은 아무래도 내가 할 일이 못되었다. 피난 다니던 시절, 죄 없이 붙들려 고통 받던 생각을 하며 저들 가운데도 억울한 사람이 얼마나 생겨날 것인지 가슴이 답답했다. 이제부터는 더 무서운 칼바람이 불 것 같은 조짐이었다. 나는 세상이 이렇게 갈라설 것이라고는 상상하지 못했다. 이데올로기에 의하여 피난 가고

잔류하고가 아니었는데. 공산 치하에서 총칼을 들이대면 누군들 따르지 않을 수 없지 않은가. 견디기 힘든 고통 앞에서 인간은 얼마나 나약한 존재인가. 이런 사정을 외면한 채 부역한 자는 경중을 가리지 않고 모조리 검거에 나서고 있으니, 잡혀온 그들 가운데는 이념을 떠나 좋은 세상을 기다리던 사람도 많았을 것이다.

시일이 지남에 따라 인민군과 함께 지리산으로 도망갔던 부역자들이 속속 검거됨에 따라 강도 높은 조사에 밤낮이 없었다. 경찰 취조실은 고함과 울부짖음으로 얼룩져 간간히 비명소리도 들렸다. 그들의 반항도 만만찮았다. 찢겨진 옷 사이로 가슴을 드러낸 단발머리의 한 여성은 악에 받친 욕설로 서(署)내를 가득 메우기도 했다.

조사를 받던 사람들 가운데는 피의자뿐 아니라 숨긴 남편을 내놓으라는 호통에 새파랗게 겁에 질린 아낙의 모습도 목격되었다. 모른다는데도 거듭 윽박지르는 통에 그만 울음을 터트리고 만다. 멸문에 이르게 될지도 모를 앞날이 더욱 서러웠을 것이다. 비(非)인륜적인 자백을 강요당하는 것처럼 치욕적인 공포가 또 있을까. 인간관계를 파괴하는 전쟁의 상처가 얼마나 깊을 수 있는지를 잘 드러내고 있다. 소중했던 유교문화의 도덕관은 6·25의 그늘 속에서 하나 둘 무너져 내리고 있었다.

나는 공산당들의 만행에 치를 떨었지만 정부나 경찰의 업무 집행에도 못마땅했다. 경찰관으로서 지녀야 할 사명감이나 업무에 아직 젖어들지 못한 탓인지, 나는 학교에서 배운 그대로 정의의 편이었다. 그런 관점에서 어느 진영도 정의롭지 못하다고 생각하였다.

지리산으로 후퇴한 일부 잔당들은 그곳에 사령부를 차려놓고 인근 마을과 경찰관서를 습격하며 극도로 민심을 어지럽혔다. 무장공비들이 진주 도심마저 기습 공격해 올 것이라는 첩보가 잇따라 밤중에 출동하는 일이 잦았다. 그럴 때마다 지리산의 길목을 지키느라 추운 겨울 찬이슬 맞으며 땅바닥에 엎드린 채 숨죽이며 새벽을 맞기도 했다. 국군과 유엔군이 거의 압록강에 다다르고 있어 전쟁은 곧 끝날 정황이었다. 그런데도 양 진영은 한 치의 양보 없이 공방을 주고받으며 보복의 사슬을 이어가고 있는 것이 이해되지 않았다.

한참 경찰업무에 익숙해질 무렵, 타도(他道)로 전출발령이 났다. 나는 기다렸다는 듯이 사표를 냈다. 이제 학교로 돌아가야 할 때라 생각했다. 비록 학교는 불타버렸으나 미래의 꿈을 키워야 할 나의 보금자리가 아닌가. 경찰에 지원한 것이 자의

적인 선택이든, 궁지에 몰린 자구책이었든 역사상 미증유의
국가 위기상황에서 미력이나마 조국에 몸 바친 것에 자부심을
느낀다. 6·25는 고교생마저 총을 들고 싸운 전쟁이었으니 국
민 총력으로 지켜낸 대한민국이다.

　나는 지금 참전 유공자증을 꺼내들고 무슨 무공훈장(武功勳
章)이라도 되듯 이리저리 어루만져 본다. 6·25전쟁이 휴전된
지도 50여 년. 그때의 시간으로 되돌리면서 아직도 끝나지 않
은 전쟁의 상처에 가슴이 메인다. 그 엄청난 희생을 치르고도
민족은 분열된 채 아직도 남북이 대치하고 있다. 이미 끝난
것이라 생각한 사상과 이념의 묵은 논쟁이 새롭게 제기되어
남남 갈등마저 빚고 있으니 참으로 안타깝다. 하루빨리 민족
이 하나 되고, 통일된 대한민국으로 탈바꿈하는 날, 이 참전유
공자증이 얼마나 값지고 명예로울 것일까 생각해 본다.

어떤 팻말

　지금 나는 가파른 절벽 위에 서있다. 몇 발자국만 앞으로 걸어가면 영락없이 천 길 물속으로 떨어지고 말 것이다. 죽음을 앞두고 마음이 이렇게 편안하고 아무 두려움이 없다니, 무아지경에 이른다는 것이 바로 이런 느낌이 아닐까. 하늘은 푸르기만 한데 갈매기 한 마리 얼씬하지 않는다.

　한걸음 또 한걸음 앞으로 내딛는데 팻말 하나가 앞을 가로막는다. 거기에는 이렇게 씌어 있었다.

　'내 눈에 비친 당신은 매우 고귀한 존재이며, 나는 당신을 몹시 사랑합니다.'

　그리움, 기쁨, 사랑, 정겨운 가족의 얼굴이 머릿속에서 춤을

춘다. 순간, 환영에서 깨어난 나는 한 발짝도 내딛지 못하고 그 자리에 주저앉고 말았다.

감상주의에 빠져들기 쉬운 학창시절, 남녀 간의 사랑이 정사(情死)로 이어진 기사를 보며 나도 그런 죽음을 동경하기도 했다. 지금 학창시절의 그 환상을 실제로 해보고 싶었던 것일까.

이른 봄, 일본 중부 지역의 여행길에서다. 해양 온천의 휴양지 주변의 경관 좋은 곳에 '자살 절벽'이라는 이색적인 관광 명소가 있었다. 절벽은 끝없이 펼쳐진 태평양과 맞닿아 있고, 가까이에 항구나 어장이 없어 주위에는 적막감마저 감돈다. 이 빼어난 경관의 절벽 위에 서면, 누구나 한 번쯤 죽음을 생각하게 되는 신비로움을 체험하게 된다. 나도 거기에 섰을 때 영혼마저 그 신비 속으로 빨려드는 듯한 감정을 느꼈다. 이곳을 누가 '자살 절벽'이라 이름 붙였는지 알 수 없으나 아마도 낭만주의 작가이거나 감상적인 시인이었으리라.

꿈에서 깨어나니 정신이 번쩍 든다.

우리 민족은 생에 대한 집착이 강해 여태껏 자살이 사회적 문제로 대두된 적이 거의 없었다. 그러나 최근 십여 년 사이 경제성장과 더불어 자살률이 빠른 속도로 증가해 지금은 세계 1위라는 오명을 쓰고 있다. 물론 세상에는 치유하기 어려운 슬픔이 있다. 견디기 힘든 시련으로 한 순간 절망의 심연(深淵)에 빠져 들 수도 있다. 하나 요즘의 자살 동기는 옛날 같으면 상상할 수 없을 만큼 사소한 경우가 허다하다.

파산한 아버지가 일가족을 살해하고 자살한 사례, 병석에서 오래 살고 싶지 않다며 목을 맨 환자, 수능시험 1교시를 마치고 투신한 여고생, 애인과 말다툼하다 화가 나서 자살한 30대 남자…. 도대체 삶에 대해 진지하게 생각하고 고뇌라도 한 흔적을 찾아보기 힘들다.

힌두교의 윤회설에 의하면, 인간이 다시 사람으로 태어날 가능성은 820만분의 1이라고 한다. 인도의 하층 주민들이 인간 이하의 처참한 생활에도 조금도 절망하지 않고 삶에 대해 애착을 갖는 것은 사람으로 태어난 것이 가장 큰 축복임을 확신하고 있기 때문이다.

지난해, 가족이 입원해 있던 병원에서 감동적인 장면을 목격하였다. 링거 호스를 온몸에 매단 중환자들이 어떻게든 일어서서 한걸음이라도 더 걸어 보려고 갖은 애를 쓰고 있었다.

하루라도 빨리 낫기 위해, 아니 조금이라도 더 좋아지기 위해 온 힘을 쥐어짜듯 안간힘을 썼다. 그러다보면 링거 줄은 하나씩 줄어들고 휠체어에 앉아 있던 환자의 눈에는 어느덧 생기가 돌곤 했다.

사람들은 늘 끝없는 욕심 속에 그것을 성취하지 못해 아등바등하며 살아간다. 하나 병원에서는, 그저 걷고 밥 먹는다는 것이 얼마나 소중한 일인지, 이 사소한 일상을 되찾기 위해 눈물겨운 노력을 기울이는 모습이 경이롭고 아름답기 그지없었다. 한계상황에 처한 인간을 탐구한 작가 사뮈엘 베케트는 "누구나 처음 도전에서는 실패하기 쉽다. 다시 덤벼보지만 또다시 실패한다. 하지만 실패를 거듭하며 조금씩 나아진다는 사실을 절로 알게 될 것이다."라고 했다.

절벽 위에 서 있는 사람들에게 자살이 옳지 않다고 외쳐봤자 별 소용없는 일일지 모른다. 그럼에도 불구하고, 한 번 떨어지면 되돌릴 수 없는 죽음의 유혹 앞에서 그리운 사람, 사랑하는 이의 얼굴을 한 번 떠올려보라고 말해주고 싶다.

자살은 순간적인 감정으로 일어나는 경우가 많다. 자살을 시도했던 사람도 그 고비만 넘기면 삶에 대한 애착이 강해진다니, 그 순간을 넘길 수 있도록 도와주는 것이 건강한 사회이다.

내가 이상하게 느낀 것은 그 위험한 절벽에 난간 같은 낙하 방지시설이 전혀 없다는 사실이다. 오직 팻말만이 자살하려는 사람을 사랑으로 껴안아주고 있었다. 이 얼마나 차원 높은 자살 방지책인가. 이성적으로 판단할 것을 감성에 호소하는 슬기로움이 돋보인다. 자살이란 근원적으로 정신적 갈등의 산물이 아닌가. '사랑은 모든 것을 이겨낸다.'고 한 어느 철학자의 말이 가슴에 와 닿는다.

자살 예방을 위해 모든 곳에 팻말을 꽂을 수는 없다. 그보다는 각자의 마음속에 '삶을 사랑하라'는 팻말을 하나씩 간직했으면 좋겠다. 그 팻말들이 위력을 발휘하게 될 때, 이 절벽은 자살 충동을 부채질하던 관광지가 아닌 자살을 극복하는 숭고한 유적지로서 우리의 마음에 비춰지리라.

왜 이곳을 떠나지 못하는가

어느 문우의 수필집에 〈일산 예찬〉이란 글이 실려 있었다. 글을 읽으며 호수가 있는 일산이 참으로 아름답고 살기 좋은 고장이란 생각이 들었다. 내가 살고 있는 이곳도 못지않은데 왜 진작 그런 글을 쓸 생각을 못했을까 아쉬웠다.

우리 집은 독립문 근처, 높은 아파트 층이라 서재가 있는 책상 앞에 앉으면 인왕산(仁王山)이 꼭 이마와 맞닿는 듯하다. 인왕산은 소나무와 바위가 조화를 이룬 전형적인 한국 산이다. 치마바위가 의연하고, 북악산이 병풍을 두른 듯 동편으로 이어지면서 도성을 품에 틀어 안고 있는 형국이다. 옛날 이성계가 서울에 도읍을 정할 때 이 산자락에도 올라 풍수지리를 살펴봤던

것일까. 인왕산이 방패막이가 되어 궁궐을 싸고 있는 데다 산세
또한 빼어나다.

이른 아침에 안무가 산을 온전히 가리기라도 하면 촉촉하고
희미한 그림이 또 하나의 새로운 모습으로 다가온다. 연필로
그려놓은 듯 윤곽이 잡힌 산 가장자리의 곡선이 나신처럼 환상
적이다. 여름날 장마가 걷히고 오랜만에 하늘이 맑게 개이면
흐린 날씨와 빗줄기에 가려진 인왕산이 슬슬 그 모습을 드러내
기 시작한다. 그 전경을 바라보고 있노라면 내 가슴도 활짝
열린다. 눈 내리는 겨울이면 바위 틈새에서 꿋꿋하게 서 있는
기품 있는 소나무들이 눈을 이고 있는 설경은 아름다움의 극치
다. 나는 서재의 창을 통해 인왕산의 사계절을 본다. 인왕산의
사계는 언제 보아도 한 폭의 산수화이다.

예부터 우리 조상들은 산을 몹시 좋아했고, 산에서 뿜어져
나오는 기운을 생명의 바탕으로 삼았다. 그래서 선비들은 산
을 그린 그림을 늘 곁에 걸어 두고 산을 보듯 감상하곤 했다.
내 몸에도 조상의 기운이 배어 있음일까. 우리 집 서재 벽면에
걸린 산수화가 앞산과 잘 어울려 한결 운치가 있어 보인다.

인왕산과 더불어 내가 즐겨 찾는 안산은 나지막한 뒷동산이
다. 밖을 나서면 단걸음에 오를 수 있어 집에서 책을 읽거나

글을 쓰다가도 답답할 때면 바로 산으로 행한다. 봄이면 개나리꽃이 먼저 봄소식을 전하고, 봄바람이 늦게 잠을 깨운 탓일까 산자락의 벚꽃은 늘 한 걸음 뒤지며 봄꽃의 향연을 이어간다.

5월이면 아카시꽃이 온 산을 뒤덮으며 그 알싸한 향기를 뿜어낸다. 쭉쭉 늘어진 아카시꽃의 숲길을 거니는 재미도 쏠쏠하지만 밤늦게 아파트 입구에 들어서면 비릿한, 아니 그보다도 묘한 암내가 코를 스친다. 꽃이 발정이라도 하는 걸까, 그 냄새는 마치 고상하고 성숙한 중년 과부의 치맛자락에서 풍길 법한 내음 같아 은근하다. 나는 거기에 홀리기라도 한 듯 멍하니 서서 한동안 그윽한 향기 속으로 빨려든다. 그 시기가 꼭 내 생일 때라 생명의 탄생과 무슨 인연이라도 있음일까. 해마다 자연의 신비로운 생기를 흠뻑 받아 기운이 솟아나니 이 얼마나 값진 생일 선물인가.

아파트 숲으로 둘러싸인 강남에서 십여 년을 살아오면서 소음과 공해에 지쳐 공기 좋은 곳으로 옮기고 싶었다. 그래서 나무와 숲이 어우러진 곳을 찾아 이 동네로 이사 온 것이다. 여기 올 때만 해도 강남에서는 조용한 곳을 찾고자하는 사람들이 한둘 생겨나고 있었다. 주위 사람들은 어찌 이런 복지(福地)

를 두고 역주행하느냐며, 이해할 수 없다는 눈으로 나를 바라 보기도 하였다.

하지만 내 생각은, 모름지기 주거란 자연환경이 좋고 아늑한 공간이 첫 번째 조건이거늘, 선진국의 경우를 보더라도 고급주택은 한결같이 숲으로 둘러싸인 산이나 높은 언덕에 자리 잡고 있지 않은가. 우리도 선진화로 나아가고 있으니 조만간 '쾌적한 주택'의 가치를 절감하게 될 터이다. 그런 뻔한 이치를 모르고 강남을 고집하는 사람들이 오히려 답답하게 느껴졌다.

그런데 어찌된 영문인가. 이곳에서 십여 년을 살아오는 동안 세상은 조금도 내 생각을 따라주지 않으니. 오히려 날이 갈수록 강남과는 빈부의 격차가 심화되어갔다. 이제 강남은 이 나라의 부유층이 모여 사는 특별구가 되어 강북과는 보이지 않은 선이 그어졌다. 아무리 집 주위에 숲과 나무가 있고 가까이에 풍광이 뛰어난 명산이 있음에도 이상적인 주택지로 관심을 끌지 못한다.

아내는 이재(理財)에 너무 어두운 양반이라며 물정을 모르는 나에 대한 불만이 대단하다. 맑은 공기만으로 행복할 수 있느냐며 강북으로 이사 온 것을 두고두고 원망한다. 그러면서 틈만 나면 자식들과 가까이 모여 사는 것이 소원이라며 강남으로 이사 가자고 들볶는다. 자식들 또한 부모님이 강 건너 계시니 자연히 문안드리기도 소홀해진다며 저희 엄마와 합세하여 압박한다.

가족의 심정을 모르는 바는 아니나 강남으로 이사 가기가 어디 쉬운 일인가. 지금 강남으로 옮겨가면 집이 반 토막이 나버리는데, 아무리 둘이 살 집이라 하지만 당장 그런 옹색한 생활을 감당하기는 어려울 것 같다.

더구나 하루라도 마주하지 않고는 못 견딜 것 같은 인왕산은 나의 분신처럼 떼어놓을 수 없는 존재가 되어버렸다. 산길을 걸으며 나무와 풀을 벗삼아 허전한 마음을 달래던 안산은 이젠 내 마음속의 고향으로 자리 잡았으니 어찌 쉽게 떠날 수 있으랴. 앞에 두고 바라보는 산과 직접 오르는 산은 둘이면서 심저(心底)에 연결된 하나의 산으로, 나에겐 그 무게가 더해진다.

앞뒤로 아름다운 산을 이고 살고 있어 나는 늘 마음이 푸근하고 평화롭다. 무엇보다 맑은 공기와 숲속에서 풍겨 나오는 향기는 생명력이 되어 나의 건강을 굳건히 지켜주고 있으니, 이에 더하랴.

영화감상에 대한 소고(小考)

-영화 〈친구〉를 중심으로-

언제부터인가 공연장이 젊은이들의 전유물이 되어버려 나 같은 사람은 용기를 내지 않고는 영화 한 편 구경하기 어렵다. 하지만 장안의 화제를 모은 영화 〈친구〉를 보지 않으면 시대의 낙오자가 될 것 같아 모처럼 영화관을 찾았다. 예상대로 극장 안은 사람들로 바글바글했다.

이 영화는 인기가 높은 만큼 유명세를 치르느라 말썽도 뒤따랐다. 시종 '심한 욕설과 잔인한 폭력 장면으로 얼룩졌다.'며 일부 평론가들이 비판의 목소리를 높였다. 외국인도 한국영화는 일반적으로 총기를 사용하지 않는데도 폭력적이라며, 그건 전쟁과 분단, 독재로 인한 한국인의 트라우마 때문일 것이라고 진단했다. 하지만 그들을 비웃기라도 하듯 관람객 수는 날로 기록을 갱신하고 있었다.

나도 처음엔 썩 내키지 않았지만 보고 나니 속이 후련했다. 세상을 너무 경직(硬直)되게 살아온 것에 대한 반작용일까. 요즘처럼 세상이 뒤숭숭할 때면 사람들은 선정적이거나 폭력적인 장면을 통해 답답한 현실에서 벗어나고 싶어한다.

내가 이 영화에 끌린 것은 오랜만에 향수(鄕愁)를 느끼게 해주어서였다. 영화의 첫 장면에서 연막 소독차가 소음과 함께 매캐한 연기를 뿜으며 골목을 달린다. 그 뒤를 아이들이 숨을 헐떡거리며 지칠 때까지 연기 속을 따라 다닌다. 그 광경을 보면서 왜 내 가슴이 그토록 녹아내리는지 모를 일이다.

1976년의 이야기라니, 그 시절 나는 지방에서 공무원으로 근무하고 있을 때다. 오랜 장마나 홍수 끝에 찾아오는 전염병 예방을 위해 마을 구석구석을 누비며 연막소독으로 분주하던 기억이 떠오른다. 연막소독은 시청각적으로 전시효과가 커서 주민들을 심리적으로 안심시키는 데 큰 몫을 했다. 동네나 지역마다 연막소독 요청이 쇄도하였으니 분무 속에서 뛰놀던 아이들만큼이나 어른들도 덩달아 매캐한 연막을 좋아했던 것 같다. 나는 지금도 그 안개 속에서 열심히 일했던 옛 시절을 회고

하며 깊은 감회에 사로잡힌다. 세상을 열심히 살아낸 날들의 소중한 흔적이기에.

영화 속의 선생님은 실력 못지않게 폭력교사로서도 악명이 높았다. 질문에 제대로 답하지 못하는 학생들을 불러내 마구 주먹을 휘둘렀다. 때리다 지친 교사는 그냥 들여보내기 머쓱했던지 난데없이 부모님의 직업을 캐묻는다. 그 당시 남에게 내세울 번듯한 직업을 가진 부모가 몇이나 있었을까.

동수는 대답을 못하고 그냥 서 있다가 죽도록 얻어맞고서야 마지못해 "장의사입니다"라고 말하고 고개를 떨구었다. 다음 차례인 준석이는 잠시 선생님을 노려보다간 체념한 듯, "건달입니다." 하고 힘든 대답을 내뱉고 만다. 그렇게 솔직하기라도 하면 폭력을 면할 수 있을 것이라 판단한 듯하다. 그러나 그것이 자신을 놀리는 것으로 오해한 교사는 분을 삭이지 못해 자기보다 덩치 큰 준석이를 때려눕히려 발악하는 모습이 역겹게 느껴졌다.

이미 그곳은 신성한 교단이 아니라 폭력으로 얼룩진 난장판이었다. 선생은 고문하듯 받아낸 그 고백을 교육적으로 어디에 참고하려 했던 것일까. 거듭된 폭력에 못 견딘 두 학생은 곧바로 교실을 뛰쳐나와 '건달의 길'을 걷게 된다. 주먹다짐하는 학생들 싸움이나 흉기를 휘두르는 조폭들보다 선생님이 가하는 '사랑의 매'라는 이름의 폭력에 더 치가 떨렸다. 진작 학교에서 쫓겨나야 할 사람은 학생이 아니라 교사였다.

나는 영화를 감상할 때, 꼭 주제에 몰두하기보다 부수적인 것에 더 흥미를 갖는 경우가 있다. 글이나 수필을 읽으면서도 숨어있는 주제를 애써 찾으려 헤매기보다 그냥 지나쳐버리는 것이 편해서다. 세계적인 영화 평론가 로저 에베트는 '좋은 영화란 관객들로 하여금 세상에 대해 자신이 알고 있던 것을 도전 받고, 다시 한 번 생각하게 하는 영화다'라고 했다. 그런 주장은 심각성을 갖고 영화를 보는 것이 아닌 나에겐 차라리 사치다.

어떤 영화는 흐름이 길어 잠시만 딴전을 부리면 스토리를 이해하지 못하는 경우가 많은데, 〈친구〉 같은 영화는 잠깐 흐름을 놓쳐도 곧바로 따라 잡을 수 있어 좋았다. 어떤 때는 중간에 갑자기 흐름이 깨져 정신을 바짝 차려도 뜬금없는 장면이 나타나 사람을 혼동시킨다. 아무런 사전 장치도 없이, 왜 그 장면이 거기에 나와야 하는지 납득이 가지 않아서다.

때로는 주제가 서너 개나 되어 보이는 영화도 있다. 수필을 읽으면서도 그런 경우와 마주칠 때가 있으니, 그런 사람을 가리켜 '주제 파악도 못하는 녀석'이라고 한다. 내가 바로 그 꼴이 아닌가. 영화를 보는 수준이 낮다보니 전문가의 시각과는 사뭇 다른 평가를 하는 경우가 많다. 내가 보기에는 보잘것없는 작품을 수작이라 추켜세우는가 하면, 내 딴에는 화면에 심취되어 카타르시스에 빠져든 영화를 수준 이하라는 딱지를 붙이기도 하니 말이다.

흔히 영화만큼 사회문제를 사람들에게 쉽게 전달하고 이해시키는 매체는 없다고들 한다. 글쎄, 혼자 상상하고 음미하며 즐거워하다가 더러는 투정을 부려보는 것도 내 나름의 영화감상법이다. 어차피 예술 감상이란 주관적인 심리작용이 아니던가.

내 자리는 어디인가

버스로 돌아오니 차 안이 소란스러웠다. 90년대 초, 단체로 미국 여행을 하던 때다. 맨 앞자리에 앉아 있는 50대 남자와 70대로 보이는 노인이 승강이를 하고 있었다. 50대 남자가 미 의사당을 구경하고 먼저 돌아와서 노인이 앉아있던 자리를 차지한 것이다. 승객들은 젊은 사람이 양보하는 것이 도리라며 노인을 거들었다. 그러자 대뜸 내뱉는 그 사람의 말이 가관이다. 누가 비싼 돈 들여 효도 관광하러 온 줄 아느냐며 되레 큰소리를 치는 것이었다.

남의 자리를 빼앗은 자가 적반하장(賊反荷杖)도 유분수지, 이쯤 되면 무슨 말이 소용 있겠는가. 세상을 향해 바득바득

대들며 싸워 이기는 것이 잘사는 이치인 줄 알고 있는 위인인 걸. 그 큰소리가 마치 재판관의 판결이라도 받은 듯 노인은 어느새 뒷자리로 물러나버렸다. 그 위세에 눌려 장내는 숨죽인 듯 고요하다. 비록 노인만이 아니라 승객 모두가 뒷자리로 밀려난 꼴이 되고 말았다. 공동의 이익을 침해당한다는 것이 자신의 권리가 짓밟힌 것처럼 이토록 허탈할 수가. 본데없고 무례한 한 남자의 행동으로 비롯된 불편한 분위기가 여행 내내 이어졌다.

언젠가 신문에서 영국 주재원이 쓴 여행 일지를 읽은 적이 있다. 외국인들 속에 섞여 이태리, 프랑스를 여행하던 첫날은 운좋게 제일 앞자리에 앉을 수 있었다. 다음날 버스에 오르니 또 앞자리가 비어 있어 재수 좋다며 망설임 없이 덥석 앉았다. 연거푸 온 행운에 주재원 부부는 마냥 즐겁기만 했다. 그런데 다음날 버스를 타면서 느낌이 좀 이상하여 차 안을 자세히 살펴보니 어제 자기 바로 뒤에 앉았던 사람은 제일 뒷자리에 가 있고, 세 번째 손님이 두 번째 자리로 옮겨와 있지 않는가. 첫날 앞에 앉았으면 둘째 날은 제일 뒷자리에 가 앉아야 하는데, 우리나라 사람들이 늘 그러하듯 내 편할 대로 처신했던 것이다. 뒤늦게 이 사실을 알고서 여행 내내 창피해 고개를 들지 못했다고 한다.

그동안 국내여행도 제대로 해 보지 못한 상태에서 갑작스레 해외여행의 붐이 일면서 축적된 문화와 예절을 제대로 갖추지 못하고 있었다. 아예 여행 문화라는 것이 존재하지 않았다고나 할까. 똑같은 조건으로 여행하면서 한 사람이 계속 좋은 자리만 차지하고 다닌다는 것은 공평하지 않고 예의에도 어긋난다. 피부색이 다르고 잘 알지도 못하는 사람들끼리 만나서 이렇게 자율적으로 질서를 유지해 나간다는 것이 어디 하루아침에 이뤄질 수 있겠는가.

영국의 유치원에서는 우리나라처럼 글을 가르치기보다 공중도덕에 더 중점을 둔다고 한다. 반장을 돌아가며 맡겨 누구나 리더가 될 수 있는 소양을 기르게 하고, 평소 리더의 통솔에 협조하지 않던 아이가 반장 차례가 될 땐, 친구들은 일부러 딴전을 부리며 애를 먹인다고 한다. 남과 협조하지 않으면 스스로 설 땅이 없음을 깨닫게 해 주는 것이다. 또 좁은 길을 만들어 양쪽에서 걸어오게 하여 마주칠 때 손을 내밀며 "먼저 가십시오." 하고 상대방에게 길을 내주는 미덕을 가르친다. 어릴 적부터 철저한 체험 교육을 통하여 도덕성과 교양을 높여가는 그 나라 사람들을 우리는 '영국 신사'라며 오늘날까지 존경을 표하고 있지 않는가.

　이런 얘기를 들으며 나는 영국의 교육 제도를 부럽게 생각하면서, 과연 우리에게도 이런 날이 올 수 있을까 한숨지었다. 국력이나 경제력, 교육 수준, 문화 의식 어느 것 하나 따를 수 없는 막막한 환경이었으니 말이다. 그런데 우리나라는 짧은 시일에 놀랍게 경제발전을 하였으니 격세지감(隔世之感)을 갖지 않을 수 없다.

　이제 남은 과제는 문화와 교양 부문의 낙후성에서 벗어나는 일이다. 여행은 단순히 보고 즐기는 문화가 아니다. 새로운 자신을 발견하고 싶다면 여행만한 것이 없다고 하지 않은가. 사람과 사람과의 교류를 통하여 서로의 이해를 넓혀 나가는데도 큰 의미가 있다. 바야흐로 세계는 빠르게 가까워지고 있어 좋든 싫든 세계인의 한 사람으로서 살아갈 수밖에 없지 않은가.

　한평생 땀 흘려 번 돈으로 여행에다 인생의 의미를 거는 이들, 은퇴 후 반환점의 인생을 여행에서 삶의 보람을 찾겠다는 사람들…. 그토록 여행에 최고의 가치를 추구하는 사람들에게 우리들의 예의 없는 행동으로 기분을 상하게 한다면 이 얼마나 민망한 일인가.

　우리는 여행의 묘미를 하루속히 익혀야겠다. 나는 해외여행에서 자리다툼을 하는 광경을 여러 번 목격하였다. 염치없는 사람들로 말미암아 편치 않았던 기억들을 떠올리면 지금도 마음이 씁쓸하다. 지나치게 좋은 자리에 집착하는 우리 국민성. 여행은 자리 잡기에서 출발하는 것인데, 첫 단추를 잘 끼워야 좋은 결실을 얻듯 여행도 마찬가지다.

문화 국민으로서 해야 할 일이 많으나 우선 해외여행에서 예절을 지키는 일부터 시작했으면 좋겠다. 차를 탈 때마다 자리에 신경 쓸 필요 없이 차례차례 한 칸씩 앞자리로 이동하는 자연스러운 질서는 상상만 해도 얼마나 아름답고 흐뭇한가.

작은 이벤트

몇 해 전, 송년회를 마치고 돌아오는 차 안에서 아내가 느닷없이 "Y씨의 부인은 참 행복할 거야." 하며 부러운 표정을 지었다. 그 말이 평소에 하는 투정과는 조금 다르게 들렸으나 못들은 척 그냥 넘겨 버렸다.

내가 속해 있는 클럽에서는 가끔 부부 동반으로 모이는 경우가 있다. 특히 송년회 행사에는 부인들이 한복 차림으로 참석해 연회장은 화려한 꽃밭처럼 장관을 이룬다. 만찬이 끝나면 대개 여흥으로 이어지는데, 노래를 좋아하는 사람들은 기다렸다는 듯 어깨를 들썩거리지만 나는 즐겁기는커녕 기가 한풀 꺾여버린다.

회원들은 저마다 취향에 따라 격조 높은 가곡을 부르는 사람
도 있고, 흥을 돋우는 데는 '뽕짝'이 제격이라며 흘러간 노래로
가창력을 뽐내기도 한다. 한 부부는 멋지게 〈향수〉를 불러 많
은 사람들을 감동시킨다. 노래 잘 부르기로 이름난 Y씨는 해
마다 〈아내에게 바치는 노래〉를 부르며 열띤 박수를 받는다.
그는 노래도 잘 부르지만 은근히 애처가임을 내비쳐 점수를
따고자함도 있는 듯했다.

내가 주로 부르는 노래는 〈고향 무정〉이다. 문전옥답에는
잡초만 무성하다는 퇴폐적이고 다소 쓸쓸한 가사이긴 하지만,
그리운 고향의 정취를 뭉클하게 느낄 수 있어 마음에 담는 노
래이다. 아내는 다른 노래로 바꾸라며 오래전부터 나를 졸라
댔다. 사랑이란…, 당신만을…, 둘이서 걷던…. 이런 애정이
담긴 노래를 원하는 것이다. 가사 속에서나마 사랑의 감정에
푹 젖어 보고 싶어서일 것이다. 또한 Y씨처럼 자기도 사랑받
고 있다는 걸 내보이고 싶은 경쟁 심리도 약간 있었으리라.
그런데도 나는 그에 아랑곳하지 않고 한결같이 애창곡만 불러
왔다.

지난해 송년회를 마치고 오는 길에 아내는 또 Y씨 부인에
대한 부러움을 되풀이하는 게 아닌가. 남을 부러워한다는 것

은 뭔가 자기 마음 한구석이 허전하다는 뜻이기도 하다.

그 말을 듣는 순간 '아차!' 하는 생각이 머리를 스쳤다. 여태껏 아무렇지도 않게 넘겨 왔던 아내의 불만 섞인 어조가 그날따라 왠지 가슴을 찌르는 것 같았다. 아내는 사는 게 힘겨워도 내색하지 않고 항상 내 마음을 편안하게 해주려 애써왔는데, 나는 아내의 사소한 청(請)마저 등한히 하다니. 부부간에도 엄연히 의리라는 게 있는데, 엄청나고 거창한 것이 아니어도 최소한 나를 둘러싼 조건이나 배려에 대한 고마움 같은 의사표시 정도면 될 것 아닌가. 옛말에 관심은 햇살과 같은 것이어서 외로운 마음을 따뜻하게 채워줄 수 있다고 했다. 생각이 이에 이르니 당장이라도 계기를 만들어 진정 아내가 원하는 노래를 선물해야겠다고 마음먹었다.

한두 달 뒤 아내의 생일을 맞아 온 가족이 모여 저녁식사를 마치고 단란주점으로 자리를 옮겼다. 아담한 방에는 아름다운 장식과 대형 화면이 설치되어 있어 노래 부르기 매우 좋은 분위기였다.

사회를 자청한 맏사위가 자신이 먼저 한 곡을 뽑으며 분위기를 달구어 놓은 뒤 마치 내 마음을 꿰뚫기라도 한 듯 나를 지명하는 게 아닌가. 나는 머뭇거리지 않고 무대 위에 올라가 첫마디로 〈아내에게 바치는 노래〉를 부르겠다며 큰 소리쳤다. 의 례히 하는 인사말 한마디도 하지 않았다. 모두 예상치 않았던 곡목인데다 나의 당당한 모습에 놀라워하며 크게 반겼다. 아내는 무슨 영문인지 모르겠다는 표정을 지으며 나를 빤히 쳐다보고 있었다.

술기운에 기분이 상기되어서인지, 단란주점의 분위기에 도취되어서인지 노래는 거침없이 흘러나왔다. 노래를 부르면서 아내의 표정을 힐끔 훔쳐보았더니 어느덧 감상에 젖어 있는 듯했다. 노래가 끝나자 터져 나온 박수는 함성으로 변했고, 아이들은 아버지의 엄마 사랑의 아이디어가 빛을 보았다며, 너나없이 한 마디씩 해댔다. 그 노래 속에 아내를 향한 나의 마음이 고스란히 담겨 있었으니 그 진심이 제대로 전해졌는지 "노래라면 도망만 다니던 양반이 어쩜…" 하며 연신 기쁜 표정을 감추지 못했다.

그렇게도 좋아하는 아내의 모습을 보며 이것이 그가 바라던 행복이었던가 생각하니 내 가슴에도 잔잔한 감흥이 물결쳤다. 행복이란 작은 것을 신경 써 주는데 있다더니, 그 말이 꼭 맞는 듯했다.

나는 아내의 생일이 가까워지자 나름대로 꽤 분주했다. CD

를 사서 운전 중에도, 혼자 집에 있을 때도 소리내어 따라 불렀다. 남몰래 노래방을 찾아다니며 연습을 거듭하기도 했다. 뭔가를 새롭게 시작해 본다는 것, 새로운 것을 남에게 보여준다는 것은 가슴 설레는 것이 아니던가. 남들이야 웃을지 모르겠지만 그 사소한 노력이 이토록 가슴 뿌듯한 성취감을 안겨줄 줄은 몰랐다.

여전히 서투른 노래솜씨지만 우리 가족에게는 큰 즐거움을 주는 데는 손색이 없는 듯했다. 특히 아내는 값으로 가늠할 수 없는 소중한 선물이라며 기뻐했고, 나는 집사람의 생일 때마다 아내가 좋아하는 노래를 한 곡씩 골라 정성들여 선사할 것을 마음속으로 다짐했다.

누군가의 허전한 가슴을 채워 준다는 것은 받는 사람 못지않게 즐거운 일이다. 가족 또는 주위 사람들에게 기쁨을 주기 위해 가끔 이런 조그마한 이벤트를 벌이며 살아가는 요즘이 나로서는 더없이 행복하다. 어쩌면 이 작은 이벤트 속에 더 큰 무엇이 숨어 있는지도 모른다. 아니, 내가 바라는 행복이 고스란히 그 속에 담겨있을 것만 같다.

최후의 고백

오랫동안 스크랩해놓은 신문 조각을 정리하다 어떤 제목에 눈이 멈췄다. 불치병으로 24년 동안 고통받아온 아내와 함께 살아온 철학자 앙드레 고르. 여든넷의 그가 파리 근교의 시골 자택에서 동반자살로 삶을 마감했다는 기사 내용이다.

그가 남긴 글에는 "혹시라도 다음 생애가 있다면 그때도 우리 함께 만나 더 행복하자"고 적고 있다. 오랜 세월을 아내의 병구완에 시달려 온 터라 다음 세상에서는 새로운 사람을 선택해 봄직도 한데 그토록 아내에 대한 미련을 버리지 못하다니…….

기사를 보노라니 몇 해 전, 일본 여행에서의 기억이 선하다.

버스 안에는 머리가 희끗희끗한 K고 동창들이 부부동반으로 이십 명이 자리하고 있었는데 내 또래 나이들이라 말이 잘 통해 곧 친근해졌다. 그 일행 중에 걸쭉한 입담을 가진 한 남자가 분위기를 사로잡더니 앞자리로부터 차례로 마이크를 넘겨 온다. 자연스레 자기소개에 이어 노래 한 곡을 뽑는 순서로 이어졌다. 초조하고 불안한 시간은 빨리도 다가오는 법. 채 정신 차릴 겨를도 없이 내 차례가 되었다.

마이크를 넘겨받은 나는 뭔가 깊은 인상을 남겨야겠다는 생각에 "우리부부는 초등학교 동기생으로 여러분들처럼 동창끼리의 여행"이라고 소개하였더니 모두들 "우와" 하고 환호한다. 우리는 어릴 때부터 사랑을 싹틔워 오다 그 때의 약속을 지켜 결혼에 이르렀다며 어깨를 으쓱거렸다. 모두들 환상의 커플이라며 찬사를 쏟아내 분위기는 이내 결혼 축하 무드로 바뀌었다.

이쯤에서 나는 어조를 한결 가다듬어, "한데, 동창생이라는 게 반드시 이상적인 것만은 아니더라."며 말꼬를 틀었다.

서로를 너무 잘 알다보니 편안하고 공감하는 부분이 많아 99%가 만족스러우나 단 1%의 불만은 있다. 한참 연하의 여자이면 응석도 부리고 귀엽게 굴 텐데….

적어도 여자 나이가 한 십 년은 차이가 나야 정신적으로나 육체적으로 행복할 것 같다며 잠시 깊은 숨을 내쉬었다. 사실 심리학자나 진화론자에 의하더라도 나이든 남자는 아주 젊은 여자와 사는 것이 가장 이상적이라고 하였으니, 이는 나만의 탐욕이 아니라 남성의 공통적인 심리라며 한껏 톤을 높였다.

차안에는 묘한 침묵이 흘렀다. 사람들의 얼굴을 살펴보니 마치 어미가 물어다 주는 먹이를 기다리는 새끼들 모양 입을 쭉 내밀고 다음 말을 잔뜩 기다리는 표정들이다. 순간 그 적요를 깨고,

"나는 다시 태어난다면 앳된 아가씨를 만나 오순도순 살아보는 것이 소원이다."라고 내뱉었다.

미처 말을 끝맺기도 전에 부인들의 항의로 버스 안은 갑자기 소란스러워졌다. 여기저기서 고성이 튀어나오고 몇몇 극성파 아줌마들은 내 코앞에까지 몰려와

"이 간 큰 남자, 그 말 취소 못해!" 하고 윽박지르지 않는가. 갓 차안에서 만난 외간남자에게 이렇게 공세적으로 나올 줄이야. 한 여인은 손에 무슨 도구를 들고 있어 위협을 가해서라도 여자의 매운맛을 보여주겠다고 단단히 벼르는 모양새다.

"아니, 그게 아니고…" 하며 변명하려해도 막무가내다. 진

퇴양난 속에 아내가 계속 옆구리를 꼬집는 바람에 이쯤에서 "농담이었다."며 손을 들고 말았다.

한바탕의 난리는 여성의 승리로 막을 내렸다.

차안은 언제 그랬냐는 듯 금시 평정을 되찾았다. 그만큼 화통한 여행 친구들이었다. 흥행은 완전히 성공을 거두었으니 기분이 가뿐하다. 지나고 보니, 여성분들이나 내나 각본 없이도 척척 잘도 해내는 흥행꾼들이었다. 분위기는 한껏 더 밝아져 아내와 나는 다정하게 〈사랑의 미로〉 노래를 합창하여 마무리 지었다. 노래가 끝나자 어디에선가 "다음 세상에서도 다시 만나 꼭 행복하세요."라는 격려의 소리가 들여왔다. 참으로 좋은 동행자이고 즐거운 여행이었다.

한동안 우리 사회에서는 죽으면 다시 만나 부부로 살기 원하느냐, 새로운 배우자를 만나 살 것이냐 하는 응답이 꽤 화제였다. 여태껏 살아온 것만도 지겨운데 또다시 만나다니 생각만 해도 끔찍하다는 사람이 있는가 하면, 아직도 못 다한 사랑인데 재회하여 더욱 뜨겁게 살아보고 싶다는 애틋한 부부도 있었다.

지난번 나는 일본 잡지에서 매우 충격적인 기사를 읽었다. 여든이 넘은 노파(老婆)가 죽음에 임박하여 남편에게 하는 말이 "나는 여태껏 단 한 번도 당신을 마음에 두어본 적이 없소." 하고 눈을 감았다. 남편에게는 청천벽력이었다. 지금껏 자신에게 불평 한마디 없던 요조숙녀였기에 남자는 억장이 무너졌다. 이건 일본 고유의 남존여비 사상이 뼛속까지 뿌리 박혀 있는데다 자기 속마음을 좀처럼 내색하지 않는 일본인 특유의 성격이 어우러진 결과일 것이다. 그렇긴 해도 그 모진 세월을 어떻게 가슴에 묻어두고 살아왔을까. 그 여인은 그저 밥이나 해주고 남자의 잠자리나 돌봐주는 영혼 없는 존재에 불과했단 말인가. 의사소통이 없는 부부관계가 얼마나 삭막하고 불행한 씨앗임을 웅변으로 말해 주고 있다.

부부들끼리 모여 서로 사후의 결합여부를 주고받는 말들이 어느 정도의 진정성이 있는지는 매우 의문이다. 사람의 깊은 속마음은 누구도 읽을 수 없는 것. 철학자 앙드레 고르와 한 일본 노파의 경우에서처럼 임종에 이르러서 하는 최후의 말이 심연(深淵)에서 우러나는 진실한 소리일 것이다.

모천회귀(母川回歸)

어떤 노숙자에게 고향이 어디냐고 물었더니 느닷없이 '길거리가 내 고향이라 했다던가. 어떤 사람은 아예 고향이 없다고도 하고. 어쩌면 그들의 대답이 틀렸다고 할 수도 없을 것 같다. 세상이 워낙 변하다보니 고향의 개념도 크게 바뀌어가고 있기 때문이다. 40대의 한 젊은이는 아버지 고향은 전라도지만 내 고향은 서울이라고 단언하듯 말한다. 이렇듯 부모와 자식 간에도 고향이 갈라진 지 오래다. 서울시민 가운데도 79%가 서울을 고향이라고 생각하고 있다니 더욱 할 말이 없다.

고향이 없다니 이 얼마나 서글픈가. 고향이 애매하거나 불분명한 사람들에게는 고향에 대한 애착이 희박할 것이다. 뿐만 아니라 향수(鄕愁)가 어떤 것인지도 잘 모를 것이다. 나에겐 분명한 고향이 있고 언제든 회귀(回歸)할 곳이 있으니 참 행복하다. 새삼 고향의 품이 따뜻하게 느껴진다.

고향에선 추석이면 언제나 남강 백사장에서 소싸움이 벌어진다. 눈을 부릅뜬 소가 뒷다리로 모래를 파 등에 끼얹는 모습이 지금도 눈에 선하다. 같은 모래밭에서 장사씨름대회도 열리는데 나는 어릴 때부터 늘 씨름판이라면 빠지지 않고 구경했다.

진주의 씨름대회엔 전국에서 내로라하는 장사들이 몰려들어 큰 판이 벌어진다. 출전한 장사들의 체격도 제각각이다. 키가 장대같이 큰 거인, 근육질의 가슴이 떡 벌어진 땅딸보, 임신이라도 한 듯 배가 불룩 나온 만삭남(?)들로 마치 장사들의 경연장을 방불케 한다. 이 기라성 같은 선수들을 쳐다보는 것만으로도 요기가 되었다.

우리 고장에는 '점배'라는 씨름장사가 있었다. 짚동만한 몸집, 소처럼 뚜벅뚜벅 걷는 걸음걸이도 구경거리라, 거리에 나다니면 "점배다!" 하고 아이들이 뒤따랐다. 그는 진주씨름의 상징이요, 모를 사람이 없을 만큼 유명했다.

주로 힘으로 밀어붙이는 씨름이 대세를 이룰 때라 몸집이 작은 선수가 키 큰 장사를 단숨에 '쿵' 하고 바닥에 처박아버릴 때는 많은 박수가 쏟아져 나온다. 상대도 안 될 것 같은 거목을 으랏차차! 괴성을 지르며 쓰러뜨리는 기술씨름의 진수를 맛보며 구경꾼들의 통쾌감은 그 무엇에도 비길 수 없다.

결승전은 그야말로 손에 땀을 쥐게 하는데 아무런 연고가 없는 나마저 바짝 긴장되는 것은 무슨 연유에서일까. 기량 높은 기술 씨름의 묘미에 감탄해서일까, 아니 어린 가슴에 벌써 향토 사랑이 싹트고 있었음일까.

점배 장사는 좀처럼 기술을 쓰지 않는다. 하기야 버티고만 있어도 능히 상대를 제압하는 카리스마가 있어 버티는 그 자체가 기술인지 모른다. 그러다가 상대방의 허술한 기미를 틈타 번개같이 다리를 걸어 땅바닥에 내동댕이친다. 그 큰 덩치 어디에서 그런 순발력이 생겨나는 것인지 신기하게 느껴졌다. 요즘말로 신기(神技)다. 씨름은 힘만을 겨루는 것이 아니라 강인한 정신력, 재치, 순발력의 싸움이기도 하다. 점배가 승리하자 장내는 박수와 환호로 남강 모래사장이 떠나갈 듯 요동친다. 덩실덩실 춤을 추는 사람도 있다. 향토출신이 우승한 기쁨을, 느낀 그대로 표출해 내는 순박한 감정들이다.

씨름이 끝나면 우승자에게 주어지는 황소와 우승자를 앞세

운 행렬이 자연스레 형성된다. 백사장을 벗어나 진주철교를
건널 땐 철교 위가 사람들로 빽빽하게 들어찬다. 촉석루(矗石
樓)와 의암(義岩)을 바라보며 삼장사와 논개의 영령 앞에 승전
보를 고하기라도 하듯 꽹과리 치고 징을 울리며 개선장군처럼
시내로 들어선다. 나도 덩달아 친구들과 어울려 극성스럽게
우승자의 꽁무니를 따라 다녔다.

왜 그토록 씨름판이라면 지남철처럼 끌려 다녔을까. 별다른
놀이가 없었던 시기여서 남자들에겐 씨름이 가장 손쉬운 운동
이고 취미였다. 그래서 씨름이 일찍이 우리의 민속놀이로 발
전했을 것이다. 초등학교시절의 내 별명이 '데부짱'(우리말로
뚱보)이었는데 다들 체격이 좋고 힘이 세어 씨름에 소질이 있
다며 나를 추켜세웠다.

장대동 둑 밑에서 자주 동네아이들과 씨름하며 놀았다. 여
러 명이 모이면 남강 백사장을 찾아 편을 갈라 승부를 겨루었
다. 나는 백사장에만 오면 절로 신이 나고 힘이 솟아났다. 또
래아이들과는 물론 상급생들과 붙어도 거의 져 본 적이 없었으
니 다들 나하고 대결하는 것을 꺼려했다. 나의 특기는 들배지
기, 무릎치기, 안다리걸기 등 다양한 편이었다. 학교대항전 선
수로도 출전하였으니 그만하면 꼬마장사 소리도 들을만하지

않은가.

이런 실력을 바탕으로 아예 씨름판으로 나섰다면 내 장래는 어떻게 되었을까. 점배 장사만큼 명성을 떨치진 못했다 하더라도 고향 진주를 빛낼 수는 있지 않았을까 하는 생각에 장사(壯士)가 된 나를 혼자 상상해 보곤 한다.

이렇듯 고향에는 어린 시절의 아련한 추억이 서려 있다. 지금은 백사장 흔적조차 찾아볼 수 없지만, 그 시절의 남강 금모래밭이 눈에 어른거린다. 초등학교시절 그곳에서 뛰놀던 친구들 그리워 그 시절로 다시 돌아갈 수는 없을까 하는 생각에 잠긴다.

먼 바다로 나갔다가 모천(母川)으로 회귀하는 연어만큼이나 나도 고향으로 되돌아가고자 하는 마음 간절하다. 시대의 변화에 따라 고향의 개념이 바뀌었듯이, 몸은 비록 객지에 남겨두었어도 마음만은 늘 고향산천을 헤매고 있다면 그것도 일종의 모천회귀(母川回歸)라 해도 되지 않을까 싶다.

촌철살인, 그 속에서 한마당 춤을 담아낸 김한석의 수필세계

윤 재 천

(한국수필학회 회장, 전 중앙대 교수)

1.

수필을 쓰려면 작품을 통한 작가의 남다른 개성, 자기만이 독특한 체험, 사물을 바라보는 분석능력이 있을 때 가능하다.

작가 스스로 고민하며 작품 세계를 열어갈 때 문학성을 발휘하게 되고 자기만의 천재성을 발휘하게 된다. 수필쓰기에는 작가만의 구성이나 소재, 주제가 중요해 좌충우돌의 과정을 거치며 얻어진 작법만이 작가의 능력이고 문학성이다.

작가 특유의 관점으로 수사적 기법을 적용하고, 상상력을 바탕으로 진정성이 있는 메시지를 토해내며 상징성이 가미된 글을 쓸 때 의미 있는 작품이 창작된다.

수필엔 금기란 없으므로 자유스런 마음, 도전하는 정신으로 글을 쓰다보면 문학성이 확장된 글을 쓸 수 있다.

고정된 편견에서 벗어나 작품을 디자인하며 의식의 변화를 조율해 나갈 때 한국수필이 발전된다. 수필은 다루지 못할 소재가 없고 건드리지 못할 주제가 없으므로 작가에겐 범상치 않은 혜안과 통찰력이 있어야 하며, 그럴 때 작가의 인생관, 세계관, 우주관, 문학관이 자리 잡게 되어 개성 있는 글이 된다.

사물을 볼 때는 전체를 보는 눈, 부분을 보는 눈, 종합적으로 융합하고 분석하는 눈을 지녀 공감대를 형성할 수 있다면 금상첨화다.

공감대는 독자와 폭넓은 만남으로 교감할 수 있는 조건이 되기 위함이고, 경계를 극복하는 수필을 쓰기 위함이다. 이때 수필의 소재는 필히 오랜 시간 숙성과정을 거쳐 우려내야 하고, 적당한 시간이 지나 진한 맛으로 응축이 될 때 자기만의 수필관이 형성된다.

그런 관점에서 볼 때 작가 김한석은 모든 것을 조율하며 글을 쓰는 사람이다. 때로는 냉철하고 따뜻하며, 소재의 다양성까지 추구하는 작가로서 사유(思惟)의 세계를 명쾌하게 그려내는 사람이다.

작품세계를 살펴보기로 한다.

2.

　미루나무는 숱한 사연을 안고서 무심하게 서 있다. 겉으로는 그저 뜨거운 햇볕을 받으며 싱싱하게 자라고 있는 한 그루 나무일뿐이다. 그러나 내면에 안고 있는 그 아픔을 어떻게 삭여내고 있을까. 미루나무에서 울어대는 매미 소리가 유난히 요란하다. 아직도 이어지는 원혼(冤魂)의 울부짖음일까. 아니면 원혼을 달래는 진혼(鎭魂)의 나팔 소리일까.

- 〈미루나무〉 중에서

　작가는 역사의 현장인 '독립문 공원'에 다녀와서 사형수의 고통을 모르지 않는 '미루나무'를 화두로 삼아 당시 상황을 재현한다.

　선열(先烈)의 고통을 알고 있는 미루나무의 태연함을 바라보며 작품의 각도를 전환시켜 간다. 같은 시기에 심었지만 그 안에서 그 광경을 지켜본 나무는 한(恨)을 전이 받아 성장이 멈췄다고 하니 하늘의 별도 눈물을 멈출 순 없으리라.

　누구든지 경험해보지 못한 것은 죽음의 세계이다.

　생명이 살아있는 상태에선 격한 고통을 겪더라도 그 고통을 극복하는 것이 인간의 저력이다. 죽음 이후의 세계는 낯선 세계로서 항일투쟁의 희생자들이 '미루나무'를 붙들고 통곡하는 것은 의심의 여지가 없다.

죽음은 삶을 마무리하는 마지막 과정으로서 인간의 가장 큰 경계 대상이다. 문제는 그것을 경험하지 않은 사람 앞에서 생명이 끊어진 실체를 드러내는 것인데, 그것도 타의적인 처리법에 의해 모든 것이 소각되어 닿는 곳도 감지할 수 없는 '무(無)'의 세계로 돌아가는 것이며, 그들도 다 살지 못한 미래가 있음을 모르지 않는데 한이 맺히지 않을 리 만무하다.

이처럼 존재자체가 없어지는 것을 두려워하는 것이 인간인데, 나라를 구하기 위해 독립운동을 하다 형장으로 끌려간 우리 선조들의 고통과 두려움, 못다 한 일에 대한 애석함을 헤아려 볼 때, 미루나무만이 그 깊은 고통을 감수했으랴.

제헌절을 맞이한 7월, 〈미루나무〉는 무심한 척 서 있는 나무를 통해 순국선열의 외침을 상기하게 하며 가보지 않은 세계에 대해서도 상상을 하게 하는 작품이다.

잡초는 가꾸지 않아도 저절로 자라 우리를 귀찮고 힘들게 하는 풀로 인식되어 왔다. 그래서 한때는 식량의 대량생산을 위하여 제초제를 써서 한꺼번에 없애려는 영농방식을 선호했다. 그 결과 어떻게 되었는가. 독극물인 제초제는 결국 우리 논밭에서 생물의 다양성을 해치고 심각한 환경재앙을 불러오지 않았던가.

— 〈잡초의 변(辯)〉 중에서

이 글은 정치계, 공직의 세계가 눈에 보이는 듯한 작품이다. 공직사회를 정화한다는 미명아래 지난날 노 대통령은 '잡초 정치인', '잡초 공무원' 제거에 발 벗고 나섰지만 파격적인 표현이 아닐 수 없었다. 건전한 공직사회를 지향하려는 대통령이라면 정의사회를 구현하는 것은 바람직 하나, 언어선택 방법에 있어서는 무척 과격했다. 사람 사는 사회에 있어서는 존재해서는 안 될 인물이 있는 것은 사실이다. 하지만 인맥으로 얽혀진 한국 사회에서 정의롭고 공정한 집단을 찾아보기는 쉽지 않다.

작가는 잡초와 곡식이 서로 얽힌 상황에서 진정 잡초만을 뽑아 제거할 수 있느냐는 게 〈잡초의 변(辯)〉의 화두다. 잡초 뽑기 작업을 하다보면 알곡도 뽑혀 나오게 마련이다. 부정부패가 극도에 달한 한국에서 순리대로 잡초 뽑기 작업에 손을 대는 것은 쉽지 않다. 우리는 누구나 잡초의 모습, 곡식의 모습이기 때문에 서로 공존하되 가라지는 가라지로서의 일, 알

곡은 알곡으로서의 일을 하면 그만이다.

밤이 없는 낮이 존재할 수 없듯, 잡초가 없는 곳에서는 곡식 그 자체도 존재할 수가 없다. 세상은 선과 악, 긍정과 부정이 얽혀 있는 게 기본이다. 잡초를 어떻게 효과적으로 활용할 수 있느냐가 관건이다.

작가는 공직생활 중 여러 모양으로 부당한 사례를 보아 왔으므로 그 이치를 모르지 않고 있어 잡초의 개념이 마땅치 못하다고 느끼는 사람이다. '잡초는 작물의 새로운 품종이나 의약품, 향신료 등 다양한 분야에 기여하기도 하고, 옛날 흉년이 들어 먹을 것이 없을 때는 백성들의 배를 채워주기도 했다'며 〈잡초의 변(辯)〉을 통해 잡초의 정체성을 해명하고 있다.

〈장자(莊子)〉에 나오는 '무용지물(無用之物)'을 거론하며 잡초의 근원을 파헤치며 '잡초와 작물은 따로 구분되어 있는 것이 아니다. 작물도 솎아내지 않으면 잡초가 된다'며 인간 그 자체는 잡초와 작물이 혼합된 일체임을 강조한다. 모든 것을 잡초와 곡식의 관점에서 보지 말고 서로 개성이 다르고 의식이 다르므로, 그 자체가 인간임을 증명하는 작품이다.

이런 일들을 겪으면서 생각이 바뀐 걸까, 아니면 추세의 흐름이니 그에 따라야 한다는 딸들의 권고를 받아들여야겠다고 생각한 것일까. 어쨌든 단둘이 살면서 짐을 드는 문제를 포함한 집안의 일들을 계속 아내에게만 맡겨둘 것이 아니라 나도 함께 거들며 살아야겠다는 데 눈을 뜨게 되었다. 이것이 부부의 도리이거늘, 거기에 무슨 체면이 있을 수 있단 말인가.

– 〈짐과 체면〉 중에서

〈짐과 체면〉을 보면 작가는 체면을 중시하는 사람이다.

작가가 그 문제에 대해 고민한 부분은 결혼 후 더욱 나타나고 있어 서울역에 간혹 친지들이 와서 마중을 가더라도, 기차에서 내리는 승객들이 짐 보따리에서 피난민 형상을 느꼈다니 체면의 중요함을 우선하는 사람이다.

특급열차에서 내리는 신사들을 바라보며 '바로 저거다'라고 말할 정도이니 체면에 대한 작가의 의식을 알만하다.

남성은 나이가 들수록 체면을 중시하지만 옛날에는 젊은 남성도 짐 들기를 거부했다. 상황과 관계없이 체면만을 중시한 시절이 있어 내자(內子)들이 어려움을 혼자 감당했다.

요즘 젊은 부부는 남녀평등을 주장해서 그런지 외출 때는 남성들이 아기를 안거나 가방을 들고 다니는 경우가 많다. 그들만 아니라 중년남자도 배우자의 핸드백을 들고 다니는 세상이다.

남존여비 사상이 만연했던 시절, 작가는 〈짐과 체면〉에서 그 시절 부부의 외출 실상을 상기시키고 있어 5~60년대를 유랑하게 한다.

등엔 아이를 업고 양손에는 기저귀가방과 짐을 든 여인, 남편은 부인을 앞지른 채 따라오라고 호령만 했을 뿐, 그 광경을 바라보면서도 체면만을 중시했다.

작가는 그 시대의 남성은 아니다. 그 성향을 중요시하는 데서 오는 고민으로 〈짐과 체면〉이라는 작품을 쓰기에 이르렀고, 시대에 적응해 가는 자신을 바라보며 성찰의 길로 들어선다.

이제 그도 생명처럼 중시하던 체면보다 짐을 들고 엘리베이터를 타며 시대를 따라가는 남성상을 보여주고 있어 인간적인 면이 강한 사람이다. 아쉬운 것은, 모든 것에 적응해가는 지금 허리의 통증으로 가족을 도와주지 못하는 실정이니, 작가는 '운명까지 자신의 체면을 지켜주고 있다'며 긴 한숨을 몰아쉰다.

〈짐과 체면〉은 시대와 시대의 경계선이 무너지는 모습을 코믹하게, 명쾌하게 지적한 작품이다.

머뭇거림 없이 아들의 이름을 불렀다. 아주 큰 목소리로. 모두들

의외라는 듯 눈이 휘둥그레진다. 아버지는 의례히 딸이나 며느리를 선택할 것으로 짐작했던 모양이다. 그렇게 생각할 수밖에 없었던 것은 나는 오늘날까지 아들딸을 구별하지 않고 키워왔기 때문이다. 아들은 그저 네 번째 자식에 불과했을 뿐, 외아들이라 하여 조금도 우대해준 적이 없다.

– 〈연말 풍속도〉 중에서

연례행사처럼 치러지는 가족 간의 행사를 다의적으로 소개하는 작품이다.

테마는 해마다 다르지만 자유 의상에 어울리는 '가발이나 모자'를 가지고 창의적으로 연출되는 이벤트로, 작가의 둘째딸이 이메일을 통해 가족들에게 행사계획을 전달, 주도한다.

〈연말 풍속도〉는 가족 간의 화목이 넘쳐나고 있는 작품이다. 1남 3녀를 둔 작가의 가족은 세상의 행복을 품어 안은 듯 곡선을 타고 흐르고 있다. 여러 가지 기준을 정해놓고 특별연출을 하며 각자 새해에 계획한 일에 대해 발표하는 이벤트로서 어느 가정이나 쉽게 실현할 수 있는 행사가 아니다.

아들이 있지만, 딸들의 섬세함은 친정집 평화를 이끌어 가는 데 핵심 역할을 하고 있다. 이들의 마음씀은 부모를 살맛나게 하고 형제간에도 화합이 잘 이루어지도록 유도하고 있어 행복 그 자체의 가정이다. 그 외에도 작가만 의미 있는 삶을 살아가는 것이 아니라, 그 자녀들도 주어진 여건에서 분주하게 살다 친정 집안의 화목을 위해 최선을 다하는 모습이다.

무릉도원이 따로 없는 가정이다. 작가는 롱코트에 중절모자, 선글라스를 사용해 야인시대 주인공처럼 변장을 하고 있어 그 날의 주인공이 아닐 수 없다.

할아버지와 손자까지 각자 연출된 행사로서 보기 드문 행사가 아닐 수 없다. 큰 딸은 어머니에게 고마움을 표하며 편지를 낭송했고 외손녀에게 선물을 받아 미소를 짓는 작가도 행복의 순간과 마주한다.

작가의 호명 차례가 돌아오자 그 대상이 아들이라는 점에서 글의 반전도 이루어지고 있다. 관심을 두지 않은 듯 거리감을 유지하며 살아온 부자(父子)지간, 그러나 작가의 호명 대상은 뜻밖에도 아들이었으니 아들딸이 평등하다는 구호아래서도 아들의 존재감이 무게를 차지한다. 김 씨 가문을 이어갈 대상이기 때문일까. 그 순간 '하나뿐인 아들을 냉대한다며 평생 불만을 쏟아놓던 아내도 막혔던 가슴을 조금은 쓸어내렸을 것'이라는 작가의 이성적인 교육방법이 눈에 보이는 작품이다.

말이 없지만 부자(父子)간의 정은 신(神)도 가늠할 수 없는 것, 딸의 따뜻한 정도 고맙지만 심적(心的) 전쟁을 하는 작가의 아들에 대한 신뢰가 돋보이는 작품이다.

뜻을 이루지 못했던 옛 고장에도 현재 큰 규모의 도서관이 들어섰다고 한다. 세상살이란, 내가 하고자한 일을 이루지 못했어도 그것이 뜻있는 일이라면 고스란히 묻히거나 단절되는 것이 아니다. 누구의 손길에 의해서든 이렇게 인연을 이어주고 있으니 그 오묘한 조화를 헤아릴 길이 없다.

– 〈무엇이 인연을 이어주는 것일까〉 중에서

인연에는 반드시 특정 고리가 연결되어 있음을 증명하는 작품이다.

작가는 명상과 함께 독서를 좋아하는 사람이다. 공직에 재직할 당시에도, 학생과 시민을 대상으로 계몽운동을 했으며 직원을 통해서 독서의 붐까지 일으켰으니, 다른 공무원에 비해서 추구하는 목표와 사명감이 다르다고 할 수 있다.

문화시민 운동을 중요시하여 도서관 활성화에도 심혈을 기울였고 그 결과 시민들의 도서 기증도 줄을 잇기 시작했다.

열람실에는 책을 읽는 사람들이 많아 리더로서 보람을 느끼
곤 했다.

얼마 후 전출명령을 받은 그곳에서도 공지(空地)를 확보하여
도서관 개관 부지로 선정해 팻말까지 세웠으나, 후임자로 인해
그 꿈이 무산되고 만다. 그것은 공직 사회의 이치만이 아니라
세상 이치가 아닐 수 없다. 전임자의 계획이 좋은 의미를 지녔
다 해도 후임자의 경영철학에 의해 실현되는 경우가 흔치 않다.

그로 인해 지자체 발전이나 도시발전은 늦어질 수밖에 없
다. 리더의 성향에 따라 그 도시와 지역이 문화도시로 발돋음
되느냐, 그와는 반대냐 하는 상황까지 가게 되니, 문화의식이
높은 리더를 만나는 것도 지역사회의 행운이다.

작가와 같은 의식은 갑자기 나타나는 게 아니라 잠재적으로
마음속에 응축되어 있다 가능한 시기에 드러난다.

작가는 중 고등학교 시절부터 책을 읽으며 정신적 공복을
메운 사람이다. 그것이 인연이 되어 도서관 건립 꿈까지 키웠
으니 작가의 길을 걷는 것도 잠재적 인연에 의한 것이다.

작가가 사는 서대문에 '이진이 도서관'이 생겼으므로 그 어
떤 형식으로든지 그 꿈은 그의 곁에 다가와 있는 셈이다.

작가는 인연의 오묘함을 깨달으며 도서관을 자주 찾는 사람

이다. 여러 여건으로 인해 구체적인 꿈이 실현되지 않았지만, 꿈을 꾸고 있는 이상 무의식 속에 숨어있던 용기와 철학이 용수철처럼 튀어나와 열정을 발산하게 된다.

〈무엇이 인연을 이어주는 것일까〉는 실리(實利)나 명예를 벗어나 진정 그 세계를 열망한 작가의 고민이라 그 정신세계를 들여다 볼 수 있는 작품이다.

> 잘나가는 속에도 걸림돌은 있기 마련인가. 한 회원은 나를 다른 사람에게 소개하면서 우리 모임에서 아주 중요한 분이라고 추켜세우고는 난데없이 "그래도 인기는 별로"라며 되레 바닥으로 끌어내린다. 나는 묘한 감정에 멈칫했다. 짓궂은 사람이기는 하나 그냥 장난으로 내뱉은 말은 아닌 듯했다.
>
> — 〈물러나야 할 때〉 중에서

누구에게나 봉사단체에 가입하여 활동하는 것은 쉽지 않다. 그 단체가 친목으로 발족이 됐든 그 반대이든 우리나라는 토론문화 정착이 열악하여 부작용이 나타날 때가 많다. 특히 자기주장이 강한 사람, 내용도 없이 목소리가 큰 사람, 타인의 입장을 배려하지 않는 사람들이 많아 때로는 마찰이 생길 때가 있다.

봉사단체라는 이름으로 그 집단이 존재하려면 '리더'로서 '마음 비움'이 없어서는 불가능하다. 회원과 봉사 대상을 위해 섬김의 마음, 조건 없는 봉사정신이 우선 되어야 한다.

작가는 20년 동안 몸담았던 봉사단체에서 '내려놓기' 작업을 하고 있다. 그동안 애정을 가지고 에너지를 쏟은 곳이지만 '물러나야 할 때'임을 모르지 않고 있어 모든 것을 위임하려고 '마음 닦기'를 하는 사람이다.

하지만 오랫동안 마음 두었던 곳이라 '내려놓기 작업' 은 쉽지 않아 섭섭한 현상이 오는 것은 당연하다. 그것은 인간의 본성이다. 그러나 물러 날 때임을 알고 이성적으로 추진할 수 있는 용기는 그 영혼이 다시 살기 위함이다. 성숙의 발판을 밟아가기 위한 준비운동이므로 바람직한 현상이다.

봉사단체는 다른 단체와는 달리 사랑과 인내가 뒤따라야 한다. 그와 거리가 멀었을 때 본질적인 것은 사라지게 되므로 반드시 깊은 희생이 요구된다. 단체를 위해 밀알이 되었을 때 비로소 그 밭에서 새싹이 돋아나게 된다. 작가는 그 이치를 모르지 않고 있어 '관계'에 대한 집착을 정리하는 사람이다.

작가의 원숙한 정신과 철학적 삶이 드러나는 작품이다.

이제 우리나라가 오랫동안의 가난을 딛고 이룩한 경제성장은 도
시화를 촉구했고 도시에 들어선 아파트 화장실에도 엄청난 변화를
가져왔다. 물을 내려 보내 오물을 깔끔하게 씻어내는 수세식 화장실
이 마침내 집안 깊숙이 입성한 것이다. 이로 인하여 악취는 집안에서
자취를 감추었고, 오랫동안 고락을 같이했던 '뒷간'은 우리의 기억에
서 사라지고 있다.

– 〈아주 특별한 공간〉중에서

작가는 드라마보다, 광고가 매력적이라며 화장실 용기 선전
에 마음을 고정시키고 있다. 가장 소중하지만 사람들이 그 가
치를 모르는 곳이라며 그 실체에 파고드는 작품을 선보인다.
4~50년 전의 화장실과 지금 시점의 화장실을 비교하며 정체
성을 피력하고 있다.

화장실은 생리적 현상을 충족시키는 장소이면서도 생활에
서 필수 불가결한 환경이다. 사람들의 생활수준이 향상되고
문화적 욕구가 증가함에 따라 다양한 습관을 영위하는 공간으
로 사용, 인식 대전환이 일어나고 있다.

작가는 가정의 화장실을 특유의 디자인으로 리모델링하여
'명상이나 사색에 잠기는 고요한 산방(山房)으로' 사용하는 사람

이다. 옛날의 뒷간의 이미지, 통시의 이미지와는 사뭇 다르다.

그동안 우리나라 화장실은 시대별로 다양하게 변했다.

4~50년 전에는 농경 문화권에 속해있으므로 분뇨를 퇴비로 이용하기 위해 배설 행위를 특유의 장소에서만 할 수 있었다. 그러나 문화가 업그레이드 될 때마다 명칭은 통시, 뒷간, 측간, 똥간, 위생소, 변소, 해우소, 화장실이라 부르게 되었으며 시대와 상황에 따라 그 개념이 다르게 나타난다.

사람들은 화장실에 앉아 만리장성을 쌓았다가 허물기를 반복하지만, 환경까지 카페 못지않게 꾸며 물리적 혜택도 많이 본다. 〈아주 특별한 공간〉을 읽다 보면 시대에 따라 다양한 문화를 보는 것 같아 변화된 세상을 실감하게 된다.

화장실은 정신적, 육체적 피로를 해소 하는 장소만이 아니라, 그곳에서 문화가 급속도로 변해 세대 간의 격차, 신분의 격차, 성향의 격차까지 생겨나는 실정이다.

어린 시절의 막연하고 미성숙했던 애정이 따뜻한 느낌으로 긴 세월 가슴속에 간직되어 있다가 이곳에서 불쑥 그리움으로 나타난 것일까. 그리하여 환상(幻想) 속에서나마 누이와 재회하고 싶었던 것일까. 흔들거리는 인력거 안에서 나는 세월의 무상함을 느끼며 한참

동안 눈을 감고 있었다.

– 〈인력거〉 중에서

작가는 로맨틱한 삶을 구상하며 살 수 있는 조건이 갖춰져 있는 사람이다.

〈인력거〉에서 '단지 오랫동안 마음속의 연인이던 누이가 어디에서든 아름다운 삶을 살고 있기를 바랄 뿐'이라는 낭만적 여운을 볼 때, 작가의 정서는 조건 없이 로맨틱한 삶을 갈구하는 특징을 지녔다.

현란한 이 시대에 의미 없게 살아가는 남성에 비하면, 작가에겐 어릴 적 누이로 다가왔던 여인이 안개처럼 다가 와 마음 한 곳에 각인되어 미소를 짓게도 했으므로 추억을 지닌 사람이다.

그것도 여행 도중 베이징에 있는 유리창 거리에서 인력거를 타다 먼 옛날 쓸쓸했던 기억의 장(場)을 상기해냈으니, 〈인력거〉는 충분히 문학적으로 승화될 수 있는 조건을 지녔다. 인력거, 홍등가, 뭇 사내, 기방, 풍속도'란 어휘들도 선보이고 있어 글을 읽는 이들에게 낯선 감정, 예술적 감정을 심어준다.

기행문을 쓸 때 사람들은 배경이나 역사를 그려내는 게 보편적이지만, 작가의 〈인력거〉는 현상과 충돌하는 상황에서 사건을 끄집어내고 있어, 그 내용이 과한 듯하면서 절제미를 유지하는 것이 특징이다. 글의 행간마다 인력거를 타고 길 떠난 누이가 시대의 역사를 그려내듯 숨을 쉬고 있으므로, 희미해진 형상이 수련처럼 피어나는 것이 아름답다.

한국여인의 뒷모습을 상상하는 작가의 정감 있는 그 마음은 개인 그 자체의 감정으로 끝나는 것이 아니라, 모든 남성 속에 잠재되어 있는 '끼'를 일깨워 주며 에너지를 불어넣고 있다.

〈인력거〉는 대수롭지 않은 관계일지라도 애련한 시간들을 부여잡고 있다. 과거의 시간 속에 자리 잡은 '스침'을 의미 있다고 생각, 환상으로 포장된 무릉도원을 거닐고 있어 문학적으로 순조롭게 승화된 작품이다.

결혼으로 이끌었던 뜨거웠던 연정(戀情)이 오랜 세월을 거치며 황혼을 맞은 이제까지도 따뜻한 연민으로 남아있는지 모르겠네요. 첫사랑은 누구나 하지만 모두가 사랑의 결실을 이루는 것은 아니거늘 그러고 보면, 우리 인연은 무던히 길고도 질긴 연분인가 봅니다.
– 〈아내에게 보내는 편지〉중에서

〈아내에게 보내는 편지〉는 부부가 동기동창으로 만나 금혼식을 넘기게 되자 그동안 해로했음에 감사해 하는 작품이다.

아내의 생신 날, 멀지도 가깝지도 않게 거리조절을 하며 진지하게 고백하는 작가의 편지가 근엄하게 다가온다.

그동안 삶 속에는 사랑이 영글어 연민으로 거듭난 모습이니 오늘을 지켜가는 작가 부부의 모습은 장엄하다.

작가는 '우리 인연은 무던히 길고도 질긴 연분인가 봅니다'라고 말하지만, 그 과정들이 아름다웠음은 물론 결과까지 튼실한 열매를 맺고 있어 최고의 걸작을 탄생시킨 셈이다.

예술작품이 근사하다 해도 부부해로처럼 의미 있는 작품은 불가능하다. 결혼의 완성도 자체가 보편적인 삶 같지만 건강한 가정을 영위하는 것은 생각처럼 쉽지 않다. 부부해로의 모습은 가정의 역사를 만들어내는 본체로서 열매를 맺은 사람이다. 작가 김한석은 모든 것이 아내가 있어 가능했던 일이라며 공로를 아내에게 돌리고 있다.

사람이 긴 시간 동행하다 보면 왜 부작용이 없겠는가.

작가 부부가 잉꼬부부 경연대회에 출전해도 모자람이 없을 정도로 자식들 눈에 비춰졌다 해도, 인생은 눈에 보이는 게 전부가 아닐 때가 있다. 하지만 작가처럼 아내를 존중하며 진지한 삶을 살아온 사람이기에 편지쓰기가 가능한 것이다.

그러나 어느 시점에 와서는 열정적으로 글을 쓰는 작가, 김한석은 언제 어디서나 정신과 삶이 치열해 날카로운 글을 쓰는 사람이다.

모든 것을 아내의 내조로 여기며 한발 뒤로 물러서는 그 여유로움도 남편으로서 남다른 면모를 보여준다.

희로애락으로 점철된 삶에 피로감을 풀어주고 있어 숙연하게 다가오는 작품이다.

그 후 그리 오래지 않아 여선생님의 소식을 들었다. 세상을 하직했다는 믿기지 않은 비보였다. 나를 흔들어 깨워주신 분, 비록 짧았던 인연이나 긴 여운이 남는 여인. 당신의 훈계를 한참 실천에 옮겨가고 있는데 좀 더 지켜보지 않고 그렇게 가시다니, 이제는 누가 있어 나를 지켜봐줄 것인가 하고 애석해했다.

– 〈큰물에서 노이소이〉 중에서

작가 김한석은 교편생활에도 뜻을 두었던 사람이다.

이 글은 20대 초반 어느 초등학교로 발령이 나자 첫 부임지를 찾아가는 과정의 감정을 수록한 작품이다.

부임지가 시골이라 마중 나온 여선생님이 그 학교 교무주임임에도 용모가 출중하지 않았다고 타박하고 몸에 걸친 옷도 삼베적삼을 입어 도시적이지 않았다고 작가는 말한다. 당시 장면이 코믹하게 그려지고 있는 부분이다. 사람의 인격이나 됨됨이, 지성은 외적차림으로는 감지할 수 없음에도, 작가는 당시 총각선생으로 부임지 상황이 예상보다 실망스러웠던 모양이다.

　더욱 난감한 것은 작가가 설레는 마음으로 교무주님의 안내를 받으며 교실로 들어섰지만 전쟁으로 폐허가 되어 있어 직원회의도 교장관사에서 하는 실정이라 좌절감이 컸다. 그 상황은 꿈이 많던 젊은 선생에게 실망을 안겨 주던 최악의 조건이 아닐 수 없다.

　작가는 결국 다른 학교로 전근을 가지 않을 수 없어 그 학교를 떠나게 되었으나 그곳에서 작가에게 의미 있는 존재, 귀한 인연으로 남아준 대상은 정거장까지 따라오며 ‘김 선생은 꿈이 원대한 분이니 하루속히 교단을 벗어나 큰물에서 꼭 성공하이소이’라고 한, 30대 여성 교무주임이다.

　만남의 계기는 무시할 수 없어 작가는 여 선생님을 간간이 기억할 때가 있었다. 당시, 조건이 나은 학교로 전근을 가서 술자리에 취해 있을 때도 어느 순간 ‘번쩍’ 교무주임의 말을 기억하고 사표를 제출한 작가가 아니던가.

문제는, 얼마 되지 않아 그 선생님의 세상 떠난 '비보'까지 듣게 되었으니 작가 김한석은 '비록 짧았던 인연이나 긴 여운이 남는 여인'이라고 말하며 잠시 스쳐간 인연을 회상한다.

명함은 거울에 비친 자기 자신이 아닌가.

언젠가 일본 출장길에 주점에서 여종업원으로부터 받은 명함 한 장. 자그마한 사이즈에 모서리를 둥글려 한결 부드러워 보였다.

나까시마 하나꼬(中島花子)라는 이름에 빨간 꽃 한 송이 놓여 있는 가식도 자기 비하도 없었다.

명함을 한참 들여다보다가 얼굴을 들었더니 그 여인, 미소 짓고 서 있지 않는가.

– 〈명함〉 중에서

명암에 대해 부정적 측면을 제시한 작품이다.

내가 아닌 타인, 그에 대한 관심을 가지고 과시용으로 제작된 명함을 얼마나 읽어가며 보관할까. 읽어줄 사람은 많지 않은데 명함 속에 과장되게 나열된 내용은 타인의 눈살을 찌푸리게 하는 데에 문제가 있다.

작가는 '거울에 비친 자기 자신'이 바로 명함임을 주장하는 사람이다. 있는 그대로의 모습, 과장도 비하도 없이 그 모습 그대로의 모습이 명함으로서 가치를 지니기 때문이다.

명함은 고대 중국에서부터 그 개념이 생겨나기 시작했고, 프랑스에서도 루이 14세 때부터 명함 사용이 시작되었다고 전해지나, 요즘은 그 개념이 현실 속으로 무분별하게 들어와 명함을 지니고 있는 사람들이 부기지수로 많다.

그런 현상은 부정적 측면도 있지만 명함은 서로에 대한 소통과 이해, 신뢰를 쌓아가는 데 징검다리 역할을 해주므로 의미가 없는 것은 아니다. 명함은 과시용, 포장용으로 사용하는 경우가 많아 거부반응이 나타나긴 하지만, 서로간의 소통 목적으로만 제작되었을 때 그 의미는 크지 않을 수 없다.

작가 김한석에겐 명함에 대한 좋은 기억이 있긴 하다. 일본 출장 중 어느 주점에서 '나까시마 하루꼬(中島花子)'라는 여종원의 명함에서 그 진정성을 보게 된다. 종업원의 명함이 기억 속에 남았으므로 작품 〈명함〉이 탄생했다고 해도 과언이 아니다.

명함의 신중성에 대해 고민하는 작가의 견해가 강하게 드러나는 작품이다.

그런데 왜 그런지 나는 아버지에 대해 조금도 정을 느끼지 못했다.

부자간이란 엄연한 혈연인데도 아버지가 너무나 지엄한 존재였기에 늘 먼 곳에 계셨던 것 같다. 그러다 보니 자식으로서의 도리를 흉내만 냈을 뿐, 나는 아버지가 생각하시는 그런 효자가 아니었다. 베푸는 애정을 받아들이지 못하고 빗나가고 있었으니, 이는 '도다리의 눈 흘김'보다 더 큰 불효이지 않은가.

– 〈아버지, 이제는 용서하시지요〉 중에서

부모자식과의 관계는 무난한 것 같으면서도 심리상태가 미묘하다.

작가는 유교정신이 깊은 선친 슬하에서 자라났다. 아버지는 한학에 능했고, 지금까지도 작가 아들에겐 오르지 못할 산으로 각인되어, 부자(父子)간의 거리감을 짐작하게 한다.

문제는, 제사를 지내던 날 선친께서 '저기 있는 도다리의 눈이 왜 사팔뜨기인지 아느냐'라며 질문했으니, 작가에겐 그 음성이 지금도 생생할 것이다.

'도다리는 전생에 사람이었지만 부모에게 잘못을 저질러 꾸중을 듣자 등 뒤에서 눈을 흘긴 탓에 물고기가 되었다니 그럴 법도 하다. '그럼 지금 사람들은 죽어서 모두 도다리가 되었겠네요' 하는 작가의 대답이 또 다른 걸작이다.

이 글의 핵심은 바로 그 부분이다. 자식은 무의식적으로 부모와 대립돼야 한다는 통례적 현상이 있어 적막하다. 그래서 인간의 본성과 그 한계를 모르지 않는 아들의 대답은 당연하다. 예나 지금이나 부자(父子)간의 갈등은 심각성을 뛰어넘고 있다.

투르게네프도 자신의 작품 ≪아버지와 아들≫에서 등장인물들이 보수와 진보가 갈등하는 시대상을 묘사, 러시아의 이슈로 급부상하며 논쟁을 불러일으킨 작품이 아닌가.

부자간의 갈등은 인류의 숙제이기도할 만큼 심각하다. 이것은 이념적 갈등보다 세대적 갈등이므로, 이반 투르게네프는 ≪아버지와 아들≫에서 화해의 영원성과 생명의 무한성에 대해 피력한다.

작가도 불효자임을 부정하지 않고 '아버지, 이제는 용서하시지요'라는 제목으로 글을 쓰지 않았는가. 이 시대에도 자식보다 월등하게 앞선 부모 앞에서는 그 자식이 부친의 광채에 묻혀 그림자로 남는다는 게 보편적 여론이다.

아버지를 따라갈 수 있는 아들이 없다는 것은 바로 이런 현상을 두고 하는 말이 아닌가. 대체적으로 훌륭한 아버지 슬하에서 자란 아들은 아이러니하게도 반항기가 많기 때문이다.

부모는 조건 없이 자식에게 애정을 쏟고 있으나 아들의 입장

에선 여전히 도다리가 되고 있으니 세대 탓이리라. 허나 고민
할 일은 아니다. 작가 김한석의 추진력 있는 삶, 매사에 정의
로운 정신을 보더라도 증명이 된다. 다만, 그 옛날 '아버지의
애정을 거부하며 빗나갔으므로 도다리의 눈흘김보다 큰 불효
를 저질렀다'며 고민하는 작가의 마음이 문제가 된다.

> 요즘은 남아선호사상이 바뀌어 딸이 아들보다 낫다는 인식이 퍼
> 져 있다. 여성의 지위가 향상됨에 따른 당연한 귀결로, 딸이 친정을
> 자유롭게 드나들 수 있게 되었다. 딸을 셋씩이나 둔 나로선 큰 위로
> 가 되고 얼마나 다행한 일인지 모른다. 하지만 딸이 친정과 가까워졌
> 다고 조손(祖孫) 관계마저 회복된 것은 아니다. 아이들이 어머니와
> 함께 내왕하는 것으로는 뭔지 부족하다.

– 〈외갓집〉 중에서

작가는 이 시대 축복 받은 사람이다.

아들의 믿음직한 아버지를 바라보며 애정을 쏟고 있지만,
정감이 많은 딸과 외손자를 사랑하며 자상한 외할아버지가 되
고 있다.

옛날에는 방학을 하게 되면 '외갓집'으로 가는 것이 최고의
나들이다. 교통이 불편해 그 길이 힘들어도 추억이 되었으므

로 보람 있게 떠나던 여행이다. 외할머니, 외할아버지도 손자들 못지않게 만날 날을 기다리며 좋아했으니 설레기까지 한 시간이다.

요즘은 옛날과는 달리 외갓집에 대한 개념과 정서가 크게 달라 외손자에게 고즈넉한 외갓집 정서를 주지 못하는 형편이다. 그 부분을 살펴 볼 때 작가는 손자들을 위해 남과 다른 이벤트를 구상하며 외갓집에 대한 추억을 심어 주려고 노력하는 사람이다. 놀이동산에서도 그들이랑 많은 시간을 함께 했고, 손자들에게 외갓집을 방문하는 행사를 만들어 모이게도 한다.

외할머니, 외할아버지가 손자들을 데리고 일본여행까지 하며 각별한 시간을 갖고 있으니 남다른 손자사랑이 아니고 무엇일까. 1남 3녀를 둔 작가로서는 아들보다 딸과 교류하는 시간이 많기 때문에 이해가 되지만, 손자를 끔찍이 사랑하지 않으면 실현할 수 없다.

요즘은 여성의 지위가 향상됨에 따라 딸의 권위도 자기 위치를 확보, 친정을 편하게 방문하며 식구가 되고 있으니 딸의 위치가 아들을 압도하는 시대가 도래한 셈인가.

그 결과 외갓집에서는 외손자를 돌봐주는 1순위 서열로 낙찰되어 보편성을 이루는 실정이다. 그로 인해 부작용도 없지 않아 외갓집이라는 두근거림도 약화되었고, 낯선 탓에 아이들이 친가(親家)를 외면하는 이상 현상까지 나타나는 실정이다.

그러나 작가는 외손자와의 관계는 딸과 친정의 관계처럼 튼실하지 못해 핏줄의 경계선을 무너뜨릴 수 없음을 깨닫고 있다. '그래도 아직은 조손(祖孫) 관계마저 회복된 것은 아니다. 아이들이 어머니와 함께 내왕하는 것으로는 뭔지 부족하다'고 말하고 있다. 핏줄의 근본을 일깨워 주는 통찰력이 아닐 수 없다.

이 글에서 이 부분은 〈외갓집〉의 핵심 메시지로 나타나고 있으며, 외손자는 단연코 외손자임을 실감케 하는 작품이다.

이렇듯 황홀함에 넋을 잃고 있으면서도 엉뚱한 생각에 사로잡히는 것은 왜일까. 과거 독재권력 하에서 일부 야당 인사들이 신념을 지키지 못하고 여당으로 옮겨갈 때, 그들을 일러 '철새'라고 불렀다. 철새가 오가는 것은 생존을 위한 본능이며, 종족을 번식하기 위한 자연의 섭리이다. 그런데 오로지 권력과 이익만을 좇아 떠도는 사람들을 저렇듯 일사불란한 철새에 비유한 것은 아이러니가 아닐 수 없다.

– 〈철새〉 중에서

정치인을 철새에 비유하며 비판하는 작품이다.

철새도 그 이미지는 따뜻하지만 상황에 따라 번식지와 월동지를 오고가는 조류로서 그 종류도 다양하다. 겨울새, 여름새, 나그네새, 떠돌이새로 분류되고 있어 부정적으로 볼 때 정치인과 흡사한 면이 있으므로 작가 김한석은 그렇게 비유하는 입장이다.

철새의 이동은 생존을 위한 본능이고 자연의 섭리에 의한 연출이다. 이런 광경은 원시적 순수함까지 지니고 있어 정서적 측면에서 사람들의 쓸쓸함과 함께 하기도 하고, 삶에 대해 생각하게 하며 아름다운 광경까지 상상하게도 한다. 하지만 정치인은 일사불란한 철새와는 근본적으로 다르다.

철새가 살아내기 위한 자연현상의 몸부림이라면, 정치인은 권력과 이익만을 좇아 세력 다툼을 하는 인위적 철새로 표현될 수 있다. 정치인은 여건이나 입장이 분리하다 싶으면 의리와 지조를 냉정하게 무시하고 이득이 되는 권력 쪽에 기생하여 철새들의 예술적 곡예를 능가하며 재주를 부린다는 데에 부정적 측면이 있다.

〈철새〉는 작가가 자신의 이익만을 위해 무분별하게 질주하는 정치인에게 '한 마디' 하고 있는 작품이다.

철새들의 이동 경로는 '생명을 건 처절한 모험의 여정'이지만, 정치인들은 오직 기회만을 노리는 데 그 문제점이 있다. 신념과 정책이 달라 당을 옮기는 정치인도 있긴 하지만, 대부분의 정치인은 선거철이 되면 그 현상은 두드러져 정치적 계산을 바탕에 깔고 당적 바꾸기 횡포와 함께 얼굴의 철새로 변하게 된다.

국민을 생각하기보다 탈당(脫黨)과 복당(復黨)을 되풀이 하며 본인의 당선 가능성과 정치적 영향력 확대에만 집중하고 있어, 작가가 그들을 바라보는 부정적 시각은 무리가 아니다.

〈철새〉는 사회적 수필로서 나라를 염려하는 작가라면 정제된 촌철살인쯤은 무리가 아니다.

아내는 이재(理財)에 너무 어두운 양반이라며 물정을 모르는 나에 대한 불만이 대단하다. 맑은 공기만으로 행복할 수 있느냐며 강북으로 이사 온 것을 두고두고 원망한다. 그러면서 틈만 나면 자식들과 가까이 모여 사는 것이 소원이라며 강남으로 이사 가자고 들볶는다. 자식들 또한 부모님이 강 건너 계시니 자연히 문안드리기도 소홀해진다며 저희 엄마와 합세하여 압박한다.

– 〈왜 이곳을 떠나지 못하는가〉 중에서

작가의 삶에 대한 지향점을 감지하게 하는 작품이다.

작가는 기거하는 지역까지도 정신으로 무장, 자부심을 갖는 사람이다. 보다 나은 조건이 있더라도 선택한 지역에 대해서는 신중하게 생각하며 삶의 깊이를 소홀하지 않는 사람이다.

이런 현상은 작가가 걸어온 삶에서 기인된 것이기도 하고, 6·25 전쟁 이후 태어난 30대, 40대, 50대와는 다른 세계를 지닌 탓이기도 하다.

삶의 신중함과 깊이를 모르지 않는 작가는 강남의 번창함을 마다하고 그의 성향처럼 인왕산과 북한산이 버티고 있는 독립문 근처, 광화문 근처를 보금자리로 선택했기 때문인데, 이것은 경제적 여건으로 인한 것이 아니라 선조의 숨결소리를 들으며 그들의 정신과 함께하고 싶은 선비 정신 때문이다.

조선을 창건한 이성계는 풍수지리까지도 소홀히 하지 않았으므로 경복궁을 감싸고 있는 인왕산, 북한산, 삼각산은 21세기에도 청와대를 감싸고 있으므로, 작가가 살고 있는 독립문은 정신적인 기(氣)와 한국적 정신을 당당하게 심어주는 사람이다.

작가도 그 산에 잠재된 기(氣)를 품은 듯 인격이 고고하다. 언제나 선비의 품격을 지니고 있으면서도 명산(名山)의 예리함처럼 충각(衝角)을 지니고 있다.

가족에겐 때때로 이재(理財)에 밝지 못하다는 투정을 듣기도 하지만, 타고난 정신과 삶에서 그 모습들이 보여 지고 있어 후손에게 귀감으로 남고 있다.

'생기를 흠뻑 받아 기운이 솟아나니 이 얼마나 값진 선물인 가'라는 작가에게 강남은 전혀 중요하지 않다.

작가의 정신은 누구든지 본받아야 할 재산이다. 인간에겐 정서와 맞는 곳을 찾아 살아야 하는 것이 지당하다. 그와 같은 선택은 작가의 성향으로 보아 무리가 아니다. 아파트 숲으로 둘러싸인 강남을 마다하고 명산으로 둘러싼 강북을 주택지로 잡은 작가에겐, 일회적인 삶을 살아가는 동안 문제가 되는 일 이 결코 아니다.

작가는 삶의 철학이 분명한 사람으로 외향적 세계보다 정신 을 주도하는 내향적 세계를 우선으로 하는 사람이다. 그는 인 왕산, 북한산, 삼각산의 정기(精氣) 아래 살아가는 사람만이 진 정한 삶을 살아간다고 느끼고 있는 사람이다.

후손과 요즘 사람에게도 의미가 많은 작품이다.

갈 곳이 없다는 나를 안타깝게 바라보며 가슴 아파하던 그 부인의 모습이 지금도 눈에 선하다. 아주머니를 떠나보낸 후 눈을 감고 그

자리에 우두커니 서 있었다. 진퇴양난이란 이런 경우에 쓰는 말이던
가. 온갖 상념 속에서 헤어나지 못하고 있는데 이 무슨 환청(幻聽)일
까. 어디선가 희망의 음성이 조용히 가슴을 울렸다. 눈을 번쩍 떠보
니 저 멀리서 먼지를 일으키며 사동차가 달려오고 있었다. 미군 지프
차다. 어떻게든 미 군용차를 타는 것이 부산으로 빠져나갈 수 있는
유일한 통로라는 것을 익히 알고 있었던 터다.

– 〈새로운 신분증〉 중에서

삶은 절망과 희망의 교차 속에서 열매를 맺게 된다.

〈새로운 신분증〉은 '참전유공자증'의 가치성과 6·25사변
으로 인한 폭풍을 떠올리며 서술해 간 작품이다.

당시 고교 2학년이던 작가는 '학도호국단 수첩'만을 가지고
피난길에 올라 다리 밑에 드러눕기도 하고, 자위대가 불순분
자를 색출할 때는 간첩으로 오인 받기도 하며 고통을 받은 사
람이다. 진주가 고향인 작가는 임시수도인 부산으로 피난 가
던 중 진퇴양난의 시점에서 당황했지만 짧은 순간 삶의 방향을
교정해준 '미군 지프차'를 만나 희망의 순간과 접하게 된다.

전쟁의 심각성은 전장(戰場)에 참여하지 않더라도 같은 시대
를 살던 사람에겐 전쟁을 겪은 자와 다를 바 없다. 피난길에서

의 어려움은 예상치 못한 상황에서 행방도 모른 채 어디론가 짐짝처럼 실려 갔으니, 전쟁을 잊을 수 있겠는가.

이 글은 작가에게 당시의 실상이 파노라마 형상으로 클로즈업 되고 있어 숙연한 작품이다. 생존만을 위한 전쟁이 벌어지던 시절, 요즘 사람은 상상이나 할 수 있겠는가.

삶은 절망과 희망의 파노라마, 그 속에서도 작가에겐 삶을 변하게 하는 계기가 생겨 경찰이 되어 경찰서에 배치되기도 하고, 인천상륙작전 진격명령에 응하기도 했으니, '참전유공자증'을 받는 것은 당연하다.

죽음이 무엇인지도 모른 시절, 낙동강 전선에서도 적을 몰아내며 시체 썩는 냄새를 맡는 것을 예사롭게 알았던 작가, 그 전쟁은 작가에겐 진주성까지 입성하는 승리를 맛보게 했으나, '민족전쟁으로서 승리도 승리답지 않았다'고 말하고 있다.

문제는, 그 후부터 더욱 비인간적인 부분이 발생, '모두가 이웃이요 형제이던 그들을 형사들은 부역자(附逆者)로 분류'하며 잡아들였으니, 이것은 아는 사람사이에 불신의 골이 깊어 갔음을 증명한다. 하지만 언제나 정의의 편에 섰던 작가, 경찰관으로서의 사명감에 젖어들지 못하고 사표를 제출하고 학교로 돌아가 복학했으니 파노라마 같은 삶이 작품을 문학적으로 승화시키는 데 도움이 되고 있다.

　학생으로 출발해 경찰의 몸으로 대한민국을 지킨 작가, 지금 이 시점 부여받은 '참전유공자증'은 생(生)의 표적이 아닐 수 없다.

　내가 이상하게 느낀 것은 그 위험한 절벽에 난간 같은 낙하 방지시설이 전혀 없다는 사실이다. 오직 팻말만이 자살하려는 사람을 사랑으로 껴안아주고 있었다. 이 얼마나 차원 높은 자살 방지책인가. 이성적으로 판단할 것을 감성에 호소하는 슬기로움이 돋보인다. 자살이란 근원적으로 정신적 갈등의 산물이 아닌가.

– 〈어떤 팻말〉 중에서

작가는 견고함 감정을 지녔음에도 감상적인 사람이다.

　작가의 글을 읽다보면 동경, 환상, 환청, 환영, 무아지경 – 정서가 그 어떤 이상향을 갈구할 때가 많다.

　작품 〈어떤 팻말〉에서도 일본 여행을 하던 중, 해양온천휴양지 주변에서 '자살 절벽'이라는 장소를 발견, 작가의 마음이 닿았던 때가 있었다. 작가는 그곳에서 '영혼마저 그 신비 속으로 빨려드는 듯한 감정을 느꼈다'며 낭만주의적 성향을 보이고

있다. 옛날에 비해 요즘 우리나라 자살성향은 로맨틱한 감정
의 파동에서 행해지는 것이 아니라, 그 이유가 '사소한 경우가
허다하다'고 작가는 말한다.

고도의 경제성장을 이룬 현실에 살면서도 상대적 빈곤감과
지나친 과욕에 의해 생명줄을 놓아버리는 경우가 많아, 작가
는 이들의 행위를 '삶에 대한 진지한 생각과 고뇌가 없기 때문'
이라고 치부한다.

어느 날 작가는 병원에서 생명의 존귀함에 목이 말라 삶에
대한 희망을 놓지 않는 환자들을 보면서, 아이러니하게도 이
율배반적인 세상임을 느끼며 안타까워한다.

생명이 소중하므로 작가는 자살방지책이 시급함을 제시한
다. 자살방지에 대한 교과서적 설교보다, 절벽 위에 꽂혀있던
'어떤 팻말'을 기억하며 갈 곳 몰라 허덕이는 사람들을 껴안아
주는 세상이 오기를 고대한다. 이성적인 방법보다, 감성에 호
소하는 방지책을 내놓아 고독한 사람에게 삶의 가치를 인식하
게 하자고 제시하고 있다.

작가는 '자살이란 근본적으로 정신적 갈등의 산물'이므로 사
랑은 모든 것을 이겨낸다는 어느 철학자의 잠언을 기억해내기
도 하지만, 〈어떤 팻말〉의 포인트는 삶을 등지려는 사람들의

마음속에 '삶을 사랑하라'는 고차원적 팻말을 새겨줘서 삶을 긍정적으로 바라보며 생명을 아끼자고 선언하는 작품이다.

3.

수필쓰기는 언어를 수단으로 자기응시를 통해 사물을 디자인하는 영적 작업이다.

글 쓰는 사람의 역사와 흔적을 백지를 통해 쏟아내는 마음수련이다. 모든 것을 껴안으면서도 내려놓지 않으려고 갈등하는 내재적 현상이다.

삶의 모습은 통제를 해도 꿈틀대는 충돌현상이라 다가갈 수 없는 미완성의 현상으로, 제도 안에 묶여 있는 인간의 본성을 조심스럽게 조율해 가며 현상으로부터 벗어나려고 노력하는 자기 훈련이다.

작가 김한석도 흡사한 노력을 아끼지 않고 있어 글쓰기를 통해 고고하고 당당했던 삶의 실체와 타협하는 모습이다. 그것은 작가의 연륜과 정의로우면서도 강직한 삶, 도전적이면서도 예술적인 삶을 사는 사람이라 그 인생관과 철학관이 날카롭다.

그것은 어떻게 보면 전부를 갖기 위해 전부를 잠재우는 삶,

습기처럼 스며드는 허상(虛像)의 세계와 차단할 수 없는 실상(實像)의 세계를 '글쓰기'라는 정제과정을 거쳐 마음속에 각인된 실체를 점검하는 작업이다.

작가의 작품은 명쾌하면서도 낭만적인 주제가 많다.

가족애까지 많아 읽고 나서도 여운을 남게 하는 작품, 그만이 간직하고 있는 그 어떤 고독감, 모든 것을 응시하는 치열함과 따뜻함까지도 살아온 삶을 회고하게 하며 본질적인 삶의 문제를 해부한다. 현상에 비해 강한 에너지를 지닌 작가로서 남과는 차별되는 독창성과 특유의 무기를 간직한 채 자신만의 작품세계를 열어간다. 작가는 사유의 세계와 의미화 세계를 바탕으로 문학성 있는 작품으로 끌어가며 미학적으로 승화된 글을 쓰는 사람이다.

작품에는 무의식 속의 끼가 배어있으며 역사관, 가정관, 여성관, 관계관이 거친 듯하면서 애절하게 흐르는 것이 특징이다. 주제의 깊이와 소재의 다양성까지도 조화롭게 융합되어 있어 작가가 표현하고자 하는 작품들이 특유의 성격으로 다가오고 있다.

앞으로도 문학적인 글, 사회를 정화시키는 글을 쓰며 좋은 작가로서 그 자리를 지켜가길 기대한다.